O FUNERAL DA BALEIA

Editor: Eduardo Lacerda

Assistentes editoriais: Alex Zani, Amanda Vital
e Ricardo Escudeiro

Leitura crítica: Paloma Franca Amorim

Preparação de texto: Laura Cohen Rabelo

Revisão: Denise Pessoa Ribas

Ilustrações: Paloma Franca Amorim

Capa, projeto gráfico e diagramação:
Alessandro Romio | Instagram: @romioland

Administrativo e comercial: Pricila Gunutzmann

Expedição: Sheila Gomes

Dados Internacionais de Catalogação na Publicação (CIP)
Fabio Osmar de Oliveira Maciel – CRB-7 6284

S158f Sais, Lilian

O funeral da baleia / Lilian Sais; [ilustrações Paloma Franca Amorim]. – [1. ed.] — São Paulo: Editora Patuá, 2021.
136 p. : il. ; 21 cm.

ISBN 978-65-5864-234-3

1. Romance brasileiro. I. Amorim, Paloma Franca. II. Título.

322-240-21 **CDD: 869.93**

Índice para catálogo sistemático:
1. Romances: Literatura brasileira 869.93

Editora Patuá – Livraria Patuscada
Rua Luís Murat, 40
Vila Madalena – São Paulo – SP
(11) 96548-0190
editorapatua@gmail.com
www.editorapatua.com.br

O FUNERAL DA BALEIA

LILIAN SAIS

PROAC EDITAIS
PROGRAMA DE AÇÃO CULTURAL SÃO PAULO

PATUÁ EDITORA

SÃO PAULO GOVERNO DO ESTADO
Secretaria de Cultura e Economia Criativa

Para Mirian,
que nunca o lerá.

[...]
o que escolho, de fato,

são estas palavras, estes sussurros e conversas
de onde vez ou outra germina, úmida e ainda verde, a verdade

Adrienne Rich

*

Errar, circular, hesitar em redor do que não tem solução:
um método.

Gonçalo M. Tavares

Mas Assum Preto, cego dos óio
Num vendo a luz, ai, canta de dor

Humberto Teixeira e Luiz Gonzaga

*

Há uma vastidão imponderável no peso.

Richard Serra

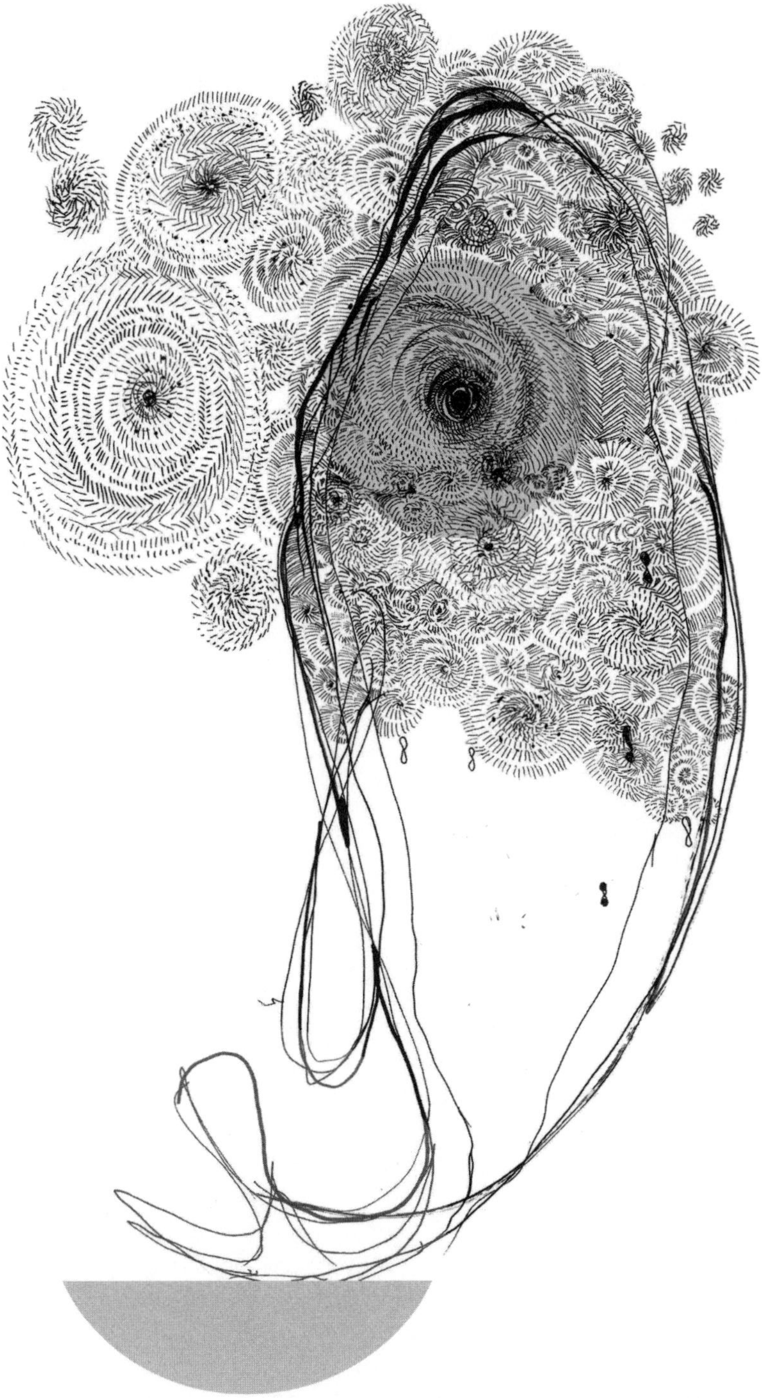

Um dia de fato a baleia encalhada baterá o rabo pela última vez no solo de Assum Preto. Após uma agonia de anos e anos, ela afinal juntará forças para erguer quase metade do seu corpo e em seguida tombá-lo de uma vez sobre a praia, em um último suspiro. O mar recuará muitos metros com o impacto. Depois, avançará definitivamente sobre a cidade, tragando casas, funerária, escola, cemitério e a própria carcaça da baleia, que enfim retornará às águas, junto com todo o resto, e quem sabe as pessoas ainda viverão ali, no fundo do mar, mantendo inalteradas as suas rotinas. Então virão os pássaros.

A lua brilhará alta, belíssima.

ASSUM PRETO

Tradição pouco se questiona porque pouco se percebe. Passa de um a outro, veja-se luz ou não. Não tem origem definida: é tão anônima que no descuido cotidiano dá para chamar de verdade, e verdade não vem com nota de rodapé. O céu é azul, quem foi que disse? Não importa. Só os desvios trazem sempre o nome de quem fez cravado na pedra. Em Assum Preto na maior parte das vezes o céu também é azul, a não ser quando não é. Mas isso não se menciona.

Ora, o mínimo que se esperaria de uma cidade assim chamada é que nela houvesse muitos espécimes desse animal. Assum Preto, a quem não sabe, é nome de pássaro que Brasil adentro existe para que a gente fure os olhos dele – é tradição. Diz que o pobre, cego, canta melhor, feito bardo grego, que era privado da visão para que fosse grande cantor. O bardo é homem – mulher nasce para a escuta, por isso inclusive o furo vai na orelha, que se enfeita com brinco, evidenciando logo a função.

Coisa de deus, coisa de mortal. Aquele tudo tem; este negocia. Aqui e ali busca o seu quinhão. Levam-se os olhos, fica o canto. Fosse pássaro, gente ou animal maior, dá igual. Se quer dom, talento, vida, responde: de que está disposto a abrir mão?

Aqui é cidade vazia para o tamanho, com pouco pássaro para o nome. Quase não se vê um. Mas o canto dá para ouvir, o tempo todo, vindo sabe lá de onde.

O PESO

O peso das cinzas

Quando o telefone tocou passava da meia-noite. Boletos, datas festivas, noites sem dormir, exames de rotina, idas ao dentista, canto abafado do pássaro fazendo a curva na estrada. Meses sem volta amontoados juntando poeira na caixa de tudo quanto se recorda, empilharam-se os anos, assim é o tempo. No entanto, se é hora de dizer a verdade, a memória do som estridente do telefone tocando com urgência, meia-noite e trinta e sete minutos, essa permanece sem sombra de pó que a encubra, porque atendi já sabendo de onde ligavam e o que iam dizer.

Perceba, a casa estava escura, justo convém nesses horários. *Nesta casa se dorme cedo*, mãe disse uma vez, anos antes, quando atendeu ao toque destrambelhado do telefone às nove e meia de uma noite desimportante.

Aquela, contudo, não era uma noite desimportante.

Fosse pressentimento do pai, fosse apenas o acaso operando, sem dar pausa – teria visto ou ouvido alguma coisa? –, eu não sei, porém naquela noite eu e ele ficamos no ofício das xícaras de café e conversamos até tarde. Ele falava sobre um tempo que por ser passado soava doce, mas tradições são tradições e devem ser mantidas, *Nesta casa se dorme cedo*, mantivemos as luzes apagadas, dois vultos sozinhos na cozinha conversando em voz baixa para não incorrer na inconveniência de perturbar o silêncio, que durante a noite convém também o silêncio, você sabe, você já entendeu. É esse silêncio que hoje estou disposta a quebrar, feito a torneira da pia, que aquela noite insistia em permanecer pingando, quisesse ela mesma contar a sua versão da história.

Pouco depois de irmos para o quarto, a chamada preencheu a noite. Não acendi lâmpada: conhecia os lás e cás, e convinha o negro. Já diante do aparelho telefônico, percebi por cima do ombro direito que pai me observava imóvel, como se preso em poeira gestante, e que no profundo íntimo daqueles olhos ainda havia grama onde pisar.

Pai podia muito bem ter respondido ao toque do telefone antes de mim, que cruzei a casa toda, mas para ele eram três passos impossíveis de somar um mais um mais outro. Eu sabia. Por isso mesmo executei todos os movimentos do ritual, sem transparecer hesitação. Era um acordo nosso, feito, entendido e selado no silêncio – tradição.

Ele queria jogar um pouco para adiante, *Um dia, logo, mas não já*. Barganhava. *Quem sabe mais uma semana inteira, uma semana inteira seria bom demais*. Explicado então por que foi em movimento decidido que assumi a tarefa de tirar o telefone do gancho quando ele tocou. Era a forma miúda que eu tinha de salvar meu pai.

Miúda também a ligação. Vejo o vulto de pai, que caminhou até a mesa e ali se sentou, o contorno cada vez menos maciço daquela pessoa que nunca chamei pelo nome. Olho: o homem por trás do pai, que gira a colher derrubando o café. Mais magro do que eu me lembrava, com mais rugas na testa do que eu alguma vez tivesse me dado conta. Artur Pereira.

Telefone desligado, a cena estava posta. Lá, pai Artur Pereira, as pernas longas como as minhas, mas flexionadas, mais abertas que o necessário. Ele está sentado. Os pulsos apoiados nos joelhos. A cabeça que oscila: olhar reto para a frente, ceder pouco a pouco à gravidade, queixo rumo ao peito. E depois, do começo, olhar reto para a frente e segue, os movimentos que por conhecer adivinho na ausência de qualquer chama. Levanta os braços à altura da mesa e manuseia a colher dentro da xícara de café, regrado e decidido, mas derramando um bom tanto do líquido pelas bordas, como também era de costume. Não é homem de ter delicadeza nos gestos. E toma o café em goles avantajados e poucos, fazendo barulho de se ouvir para lá das paredes. E então coça o saco com a mão direita.

Artur Pereira não usa cueca. Pai é um homem simples, que gosta de dizer que aproveita o conforto possível, *o que tem à mão*. Os shorts são largos, pretos feito o pássaro. São dois iguais, mas nunca formam dupla, um vai para o balde enquanto o outro fica no corpo, *É de ficar em casa, para não gastar as roupas*, para ele não tinha complemento além desse. *Roupa* era uma coisa outra que não aqueles shorts, e pronto.

O exemplar daquele dia, além de largo, guarda há tempos dois furos na risca da costura entre as pernas. Os dois furos nos olhos do Assum Preto, no escuro até fantasiava, quando mais nova. Eu, diante dele, deparo com o saco, com o qual cresci junto, ano a ano, eu para cima, ele para baixo. Observei o quanto pude naquele escuro todo. Estava, de fato, medonho. Um saco sem fim nem fundo nem meio, saco inteiro, daqui a pouco chegaria nos joelhos, tocaria a terra, atingiria o centro dela, plantado, sem nada de necessário que germinasse de novo.

Daí ele derrama mais café, sem perguntar nada sobre o telefonema ou sobre qualquer outra coisa. E pega as palavras cruzadas, fosse de repente fazê-las.

Aconteceu: Artur Pereira é um homem velho e sabe que vai morrer.

A poeira do peso

Não é em toda cidade que poeira gesta. Em Assum Preto gesta, e muito. Quase gestou depois do telefonema. Eu não sabia o que fazer depois dele, essa parte eu não tinha planejado bem. Estava de olhos abertos há semanas e assim permaneci, olhando para meu pai. Cogitei derrubar algo no chão para romper o silêncio, como às vezes fazem as ondas, que rebentam na praia só para lembrar a quem esteja de olhos fechados que o mar segue sendo mar. Derrubar uma panela para poder dizer: olha, essa panela existe, aqui está, toque, abrace, cheire, ela existe no tanto de fazer barulho ao cair no chão, em toda a sua materialidade de panela.

Uma casa com uma panela é de fato uma casa.

Não me movi. Meus ossos pesam, são grandes e fracos. O movimento primeiro se ensaia na cabeça, depois é preciso impulso para mover o corpo. Todo movimento é um risco. Às vezes, de mim, eu simples me assisto. Há muito do mundo que não vivencio – só atravesso. Cada um faz o que pode, como pode, não mais nem menos que isso.

Tenho pernas compridas, característica bem evidenciada quando fico assim, em pé. Existo inteira nos dez dedos das duas mãos que somadas não tocam sanfona por pura falta de jeito, não de dedos longos. As teclas, pálidas, que já tentei ressuscitar por dó, não aquele branco obsceno, toca, sanfona, toca, não toca. *Falta de jeito.* Sou uma mulher que não cabe. Por isso seria verossímil derrubar algo e quebrar o silêncio. Afinal – como não? –, o que não está planejado se improvisa.

Eu olho. Pelo vitrô de mais de metro da cozinha vejo o vulto do morro escuro que não tem cume de terra, mas de pedra. O espelho mais precário para uma criança se ver, porque uma criança é tudo o que se move, e a rocha é tudo o que permanece. Eu me assisto e sigo em pé, não mais criança, hoje realmente adulta, realmente parada, tenho polegares opositores, posso estrangular alguém, realmente forte, realmente bípede. Venha a Assum Preto se quiser confirmar. Venha. É aqui que ainda hoje eu permaneço, mãos, braços e pernas, e igualmente faria barulho se me derrubassem no chão para quebrar o silêncio. Com acerto. Também eu quero quebrá-lo. Sei o que tenho a dizer.

A exatidão do peso

Pai olha para mim. Decerto um dia já me segurou inteira, sem qualquer esforço sentido. *Cabia na concha feita pelas duas mãos*. Estou em silêncio porque não quero apressar. O silêncio convém, mas quedo reta e em pé em seu adiante. Um atravanco. A utilidade é que ele não perca o fio da meada, nem fosse possível.

Achei que você nunca ia voltar – às vezes ao longo daqueles meses via sua boca desenhando essas palavras, sem voz reverberante, só o movimento dos lábios, uma reclamação ensaiada ou, quem sabe, um obrigado.

Eu me adivinho gente grande nos seus pensamentos, *Num piscar de olhos*. Artur Pereira, meu pai, não sabe quando perdeu o comando da casa. Perguntasse, eu diria que nunca teve, não diria não, deixa, o que se pode fazer? Pássaro na gaiola: ou aceita a visão que ele tem, ou fura o que há de esfera.

Pai tenta assimilar o tempo, do mesmo jeito que eu, diante do saco para fora dos shorts. Volta a manusear a colher, resoluto, como se espalhar o açúcar diluísse a memória, como se o gosto doce na boca trouxesse redenção, como se girar a colher com força e velocidade fosse capaz de dar a alguém a aparência de um homem duro, que não sente.

Quero dizer que café continua sendo café. *Como se adoçar café fizesse sentido*. Pai me olha sem me encarar, um olhar vazado que sempre teve. De alguma forma compreende, não pelas palavras que eu poderia juntar, mas acima de tudo pelo silêncio que há entre cada uma das letras.

O telefonema. O que eles queriam?, teve coragem de colocar a questão, afinal.

Não posso hesitar.

Trinta e sete quilômetros, e a pastinha com os documentos no porta-luvas. *Nestes tempos, você precisa de documento para tudo*. Essa frase e o silêncio como passageiro por mais uma dezena de quilômetros.

A segunda coisa que mais vige em Assum Preto é praia. São muitas, perde-se a conta. Cada um que sai a contar, penso que não retorna ou, se retorna, aumenta o total em uma, a dizer que conheceu um lugar que ninguém mais. Assim passamos de duzentas e quarenta praias na última contagem. A estrada costeia muitas delas, beleza que à noite não se vê, não há luz suficiente. Mas está lá, e a ciência disso reina sobre a imaginação, fértil, com o barulho das ondas vindo do lado direito, em harmonia com o canto do pássaro, que vem do lado esquerdo, anunciando beleza chorosa.

Algumas coisas precisam ser como sempre foram para manter o equilíbrio.

Então chegamos. Portão aberto, entramos, subimos, mais duas rampas, subimos. Dois sofás de dois lugares, um de frente para o outro, e mais nada, uma antessala falsa. Tentativa de respeito improvisada, isto é importante: há que tentar preservar alguma dignidade.

Sentada no sofá, conseguia ouvir, sem muito esforço de atenção, as portas de ferro dos poucos estabelecimentos que ainda restavam abertos àquela hora irem, uma a uma, se fechando. Levantei a cabeça perto da janela muito rápido, para pôr confirmação no que me parecia, e notei, de fato, com surpresa razoável, que as coisas do mundo aparentavam seguir em perfeita ordem.

Acho que no quando do desfecho eram três da madrugada, o que talvez preste de explicação para a lua daquela noite, linda. Tradição: dizem que às três da madrugada a lua reluz de um jeito diferente de todas as demais horas, que entre muitas delas se parecem, mas quando você ganha intimidade com a lua há de saber, de olhar, se são três horas ou se é qualquer outra.

Não três e cinco, não cinco para as três. Três apenas, com essa determinação que os horários cravados trazem. Três horas em ponto, ponteiro em riste como o dedo que se levanta nas assertivas mais ferrenhas, nos momentos determinantes, ponteiro obelisco no mapa do tempo. Esse, o ponto: exato, preciso, cheio. Um golpe seco, por isso depois o ponteiro se põe em queda, o redondo do horário como uma cabeça pesada, tão pesada que por isso mesmo pende e faz tudo pender para baixo consigo, e a isso chamam de sentido horário, eis o sentido absoluto, cada hora e todo fluxo um império em si, num curso perene de ascensão e queda.

Eu pensava no modo como se ajeitam as palavras para sentenciar determinadas coisas. Os termos que seriam escolhidos, se seria o caso de encaixar bem ali algum gesto, expressão, o tom da voz no dorso da frase.

A partir daí, do momento em que pensei isso, foi tudo muito rápido. Vem lá de dentro a enfermeira, e foi com uma sutileza que não se poderia imaginar, *Ela descansou*, foi o que disse. Achei admirável a eloquência daquela mulherzinha, duas palavras, ponto.

Na manhã seguinte mãe estava no caixão, como convém, é claro, mãos cruzadas sob a linha do peito. Eu olhava, olhei o dia todo. E de repente me pareceu impossível viver sem aquelas mãos não especialmente bonitas, mas que seguravam.

Vamos comer uma pizza? Era meu pai.

Fomos.

O preço do peso

Mas, antes de tudo, aquela madrugada seguia infindável. Não sei se pelas pálpebras caídas, sempre soube que mãe guardava a noite em si, porque é a noite que cai, e não o dia, *O dia, como o sol, se levanta*. Por isso, a mãe morreria à noite. O inconveniente de ser quarta de cinzas era só maior confirmação. Ainda assim, a casa funerária estaria aberta. Estava na fachada: *Conte conosco, a qualquer momento*.

Entrei. Um pequeno quadrado, uma porta de vidro fechada dando para um corredor, que eu adivinhava ser da sala onde ficavam os caixões. Outra porta, talvez do banheiro, pois quem entra em funerária está vivo, e o ser vivente tem suas necessidades, assim como os homens. Era o que eu mais havia escutado, a vida toda: *Um homem tem as suas necessidades*.

Tudo ali dava a impressão de estreito. Estava acertado, sei. Fui comprar um caixão.

O vendedor chega. Aproxima-se por trás de mim, que estou sentada à mesa, *Olá, em que posso ajudar?* Então ele para. Respira. Eu cogito me manter de costas, mas repentina viro de frente para ele. Coloco observância no rapaz: braguilha fechada só até a metade, desleixado, como quem quer dizer, *Sabe como é, o volume, aperta*. O crachá diz *Jonas*. E Jonas é um homem capaz de vender qualquer coisa.

Preciso comprar um caixão. *Traslado*. As tripas podem sair pelo nariz durante o transporte do corpo? Mas são oito quadras. *Serviço de embalsamamento*. Sim, faça o que tem que ser feito. *A frota é rastreada, o que tem um custo...* Para eu saber onde está o corpo? Ótimo, ótimo. *Não queremos que ele escape por aí sozinho na beira da estrada, rá-rá, não é mesmo?* Claro. *Enfeite interno artificial?* Olha só. Tem disso? *Pode ser trocado no destino por um maior*. Mas cabe no caixão? *Depende do caixão. Enfeite é só para as famílias que desejam de fato honrar seu ente querido, você sabe.*

Eu na gastura de saber quantas páginas ainda tinha aquele catálogo. Virou uma. Caixão presidencial. Caixão luxo. Virou outra. Faraó. Francês. Caixão italiano. Virou mais uma. Executivo. Caixão padrão. Virou outra, lentamente. Caixão simples.

Eu só preciso de um caixão que sirva para enterrar uma pessoa morta.

Jonas titubeia.

Os caixões padrão e simples prestariam perfeitamente bem o serviço e são muitíssimo mais baratos, mas esses nomes, sinceramente, Você acha que eu vou comprar um caixão simples para a minha mãe? Você acha que a minha mãe é padrão, seu merdinha? Você acha que duas palavras, *Ela-descansou*, dão conta de encerrar a vida de uma mãe, seu verme? Você sabe do que é feita uma pessoa?

Silêncio.

Você sabe que ela é mais do que o espaço que ela ocupa na forma que ela ocupa, mais do que essa aparência, isso se vê nas fotos, mas na vida é mais do que as digitais que ela carrega em cada um dos dez dedos das mãos e na carteira de identidade, mais que o cheiro. Ela é um jeito de ajeitar o cabelo, ela é a expressão que faz quando tira o bolo de café do forno às quatro da tarde de sábado, é aquela cadeira na qual sempre senta para assistir TV, ela é o conjunto de todo o repertório de gestos que ninguém mais faz como ela, porque os gestos são únicos, estou falando, provavelmente, sei lá, de um repertório de duzentos gestos que nunca mais verei sendo feitos do jeito que ela fazia, duzentos, duzentos e cinco, duzentos e seis, não sei, são muitos gestos, uma pessoa é muita coisa, maldito.

Depois do simples, qual...

Padrão.

E depois?

Executivo.

E depois?

Italiano.

Vou levar esse.

O crucifixo no pescoço de Jonas reflete a lâmpada do teto, que ilumina tudo, ele pensa, com certeza. O vermezinho se levanta. Vai tomar as providências que cabem para terminar de me extorquir, uma alma de deus.

Saco da carteira as minhas três últimas folhas de cheque. Penso em mãe. Como se não bastasse sempre ter quitado suas contas em dia, ainda por cima se orgulhava disso. Faço as contas. Trinta, sessenta, noventa dias. Mãe anotava qualquer gasto no caderno dela. *Precisa ficar de olho, não tem de onde tirar*. Pai na saída do hospital foi para casa com o olhar aleijado, *Uma roupinha que ela gostava, filha, para ela ficar bem bonitinha no caixão*, foi o que ele disse. O porta-lápis em cima da mesa é uma miniatura de caixão.

Um caixãozinho simpático, com as canetas lá dentro.

Achei de um mau gosto tão bem-humorado que ri. Primeiro disfarçadamente, como convém quando se assinam os cheques do caixão de mamãe, mas depois, porra, era um caixãozinho de porta-lápis numa agência funerária no meio da madrugada de quarta de cinzas, eu ri tanto, mas tanto, que primeiro Jonas veio apenas checar o que se passava, depois me acudir, dar água e me abanar, e eu com as lágrimas escorrendo dos olhos pela face já completamente rosada, me contorcendo em gargalhadas que pareciam assustá-lo, e tentando com todas as minhas forças perguntar se podia usar o banheiro, e Jonas me olhava segurando a ponta da cruz, com aquela maldade de quem pensa que a filha se regozija com a morte da mãe, sim, eu ria mais e mais e me mijei inteira, ali mesmo, e fui embora da funerária pouco depois, ainda rindo, com lágrimas escorrendo pelo rosto e o mijo molhando meu sapato, assim mesmo, mijada, órfã de mãe e com um pai de olhar manco, tendo passado três cheques que eu não tinha como pagar, foi assim que saí, não sem antes, claro, apontar novamente para o caixãozinho porta-lápis e dizer *Esse cabe no meu bolso*, e rir mais ainda, e a vizinha liga e pergunta o que houve, se estava tudo bem, que viu o movimento em casa a essa hora, luzes acessas num horário que nunca antes, e depois de alguma hesitação tudo que me saiu foi,

Ela descansou.

Os pés ensopados, a tristeza pingando.

Tenho uns seis anos e estou deitada na rede, de bruços, olhando para o chão. Observo as filas de formigas que ficam o dia todo para lá e para cá no piso frio. Penso que é frágil a vida. Então escolho ao acaso, Você não, *e munida do chinelo em uma das mãos pressiono a formiga escolhida. Não inteira. Esmago apenas metade, a parte de trás, e observo o modo como ela fica se contorcendo por um tempo.* Desespero. *Eu apenas observo. Quero ver até quando ela aguenta. Se deus existe, eu também sou. Daí a formiga começa a chorar. Começa a chorar e com uma voz firme diz,* Eu não quero morrer, filha.

QUINTA-FEIRA

8h45

O dia amanheceu sem clemência. Vista de fora, a casa permanecia a mesma: aquele grande retângulo cercado de paredes, lugar bom para deitar o corpo no fim do dia, um solo para pisar após uma vida cheia e dizer, *É aqui, cheguei*. No jardinzinho da frente, nenhum dos lírios parecia reclamar uma ausência. A vida segue seu curso.

Artur Pereira está na cozinha desmontando a torneira da pia. Com a mão direita, segura a chave de fenda. Gira o parafuso como aprendeu com o pai, tantas décadas antes, na oficina improvisada nos fundos da casa em que nasceu. Não apertar nem muito nem pouco. Fixar a ponta da chave de fenda adequada fazendo a pressão correta, esse é o segredo.

O grande vitrô da cozinha está entreaberto. Uma brisa pacificadora entra pelo vão. As nuvens quase não se notam, o céu está, afinal, azul. Pensa em Joana. Daqui a pouco Artur Pereira estará cortando bifes para o almoço. Refeições podem ser feitas do modo correto ou do modo errado, como consertos de torneira e declarações de imposto de renda. Sente que aquele almoço é importante. É preciso deitar a quantidade certa de sal sobre a carne, adivinhar o ponto pela aparência. Exibir segurança, certezas, a hora de virar o bife. Que é um homem de decisão.

Ele ergue a mão esquerda e seca uma gotícula que corre pela bochecha, não fosse Joana chegar e tomar o suor por lágrima. Artur Pereira gosta de fazer as coisas do modo correto. Puxa a manga direita para o alto do ombro, as rugas do bíceps misturadas ao amassado da camiseta. Do seu ponto de vista, está bastante viril – suor pelo rosto, chave de fenda na mão, braço à mostra. Claro, sempre haverá quem queira lhe impor uma fragilidade nessas horas. Mas está bem. Firme. Precisa se barbear, é verdade. Os últimos dias foram muito corridos. Durante os quarenta anos de casamento, sempre fez a barba de manhã bem cedo. *Enquanto a mulher lavava a louça do café*. Agora as coisas serão diferentes. Tem o banheiro do casal todo para si. Decide que se barbeará logo antes de começar a preparar o almoço. Quer permanecer com aqueles pelos no rosto mais um tempo. Sente-se bem com eles.

10h30

Artur Pereira está parado na cozinha, alisando a lateral do fogão. A primeira vez que olhou para esse fogão foi quando o comprou; a segunda possivelmente era aquela. Seus olhos estão presos na superfície do eletrodoméstico como se fosse partir dali uma grande reviravolta, pudesse alguma das quatro bocas de repente se abrir, *Artur, respira*. Artur Pereira precisa de tão pouco, é isso que seus olhos dizem, fixos na superfície esmaltada. E esse pouco ele já não tem.

O ritual do banho e da barba foi curto. Não é que tivesse pressa, mas sabia que Joana ia chegar. Enrolado na toalha, viu pendurados no cabideiro os dois shorts que geralmente usava em casa, porém hesitou. Foi até a cômoda, abriu a primeira gaveta. *As roupas*. Aproximou do nariz uma camiseta branca, com gola e bolso, manga curta. Cheirava a guardado, mas não muito. E combinava com a bermuda bege. Não é roupa chique, longe disso, mas ajudaria a demonstrar compostura. Havia um orgulho na perda. Aceitar de bom grado o golpe da vida. Recompor-se tão logo fosse possível. Não rápido demais, que chegariam a insinuar que ele não amava a mulher, que tinha outra. O povo fala muitas coisas. Recompor-se com tranquilidade, ele diria. Com tranquilidade. Artur Pereira acredita que é um homem tranquilo.

Se Joana chegasse e perguntasse a ele nesse momento se está tudo bem, ao vê-lo imóvel diante do fogão, ele responderia, *Tudo tranquilo*. Ela não chegou, no entanto. E ele sabe se virar, sabe muito bem. Vai fazer o almoço: arroz, feijão, bife. Tirou a carne do congelador na noite passada. Não é fácil cuidar da casa, requer planejamento. Sabe do valor que a mulher teve, ao longo daqueles quarenta anos. Não vai agora fazer desfeita.

Artur Pereira cogita vestir um avental. *Frescura*, diria a mulher. Ele pensa que é um homem prático. A camiseta branca talvez não tenha sido a melhor solução de vestimenta para cozinhar, no fim das contas. Pensa nos respingos do bife. *Para a carne ficar macia precisa fritar em um fio de óleo bem quente*, é a frase que vez ou outra ele murmura. Decide não usar o avental, se sujasse a camiseta a colocaria para lavar, que é assim que as coisas vão ser, ele suja, ele lava.

Sabe que pode contar com Joana, mas não quer demandar muito. Ela já é uma mulher-feita. Tem sua vida. Logo haverá um marido, ele pensa, enquanto pega duas facas grandes para fatiar a peça de carne em bifes. Testa com o dedão da mão direita o fio de ambas; não está satisfeito. Já sabia que não estaria satisfeito, independente do resultado do exame, por isso pegou as duas, mas isso ele não confessa. Quer afiá-las passando uma na outra, ágil. *Um espadachim*. Gosta do barulho do metal no metal, da habilidade que tem para afiar duas facas ao mesmo tempo. Antes fazia na frente da mulher. Agora faz para si. Quer ver como se sai. É com essas facas que ele desossa um frango, tira as escamas dos peixes. Testa de novo o fio no dedão. Não sente grande diferença, mas em um reflexo balança a cabeça em sentido positivo, como se estivesse satisfeito.

Pega a tábua e deita a peça de carne sobre ela. Escolhe a faca que parece estar mais afiada e começa a cortar os bifes. Com alguma dificuldade. Ocupado com isso, avaliando a espessura que cada um deve ter – *Nem muito grosso nem muito fino, cem gramas cada* –, pensa que talvez ele não saiba mais afiar bem uma faca na outra, que talvez nunca tenha sabido, e que a mulher fingiu, esses anos todos, que ele fazia isso bem.

Por pouco não faz um corte na mão esquerda. Quando percebe que a lâmina se aproxima da carne, a sua, congela o movimento por um segundo. Recompor-se. De onde ele tirou essa ideia? De que a mulher fingiria estar satisfeita com o corte de uma faca para agradá-lo? A mulher não era dessas. Dizia o que tinha que dizer, na lata. Era sincera, sim. *Uma mulher honesta*. No entanto, Artur Pereira acha que é mais forte que a mulher e está tendo dificuldade.

Ele se confunde. Olha para trás, para a cadeira da mulher, inquisidor. A faca na mão direita golpeia o vazio. Seus lábios desenham ameaças que nunca fez antes. Sente-se traído, mas não tem mais recursos além da conjectura. *Nunca soube afiar facas*. De repente aquele instante cortando a carne pesava quarenta anos, e só agora ele entendia o que significavam quarenta anos.

Vacila um pouco. Assume seu posto na cabeceira da mesa da cozinha; senta-se. Olha não se sabe para onde, o início da catarata plantado nos olhos. Aquilo bastava. Mas Artur Pereira tem uma missão, *Joana logo chegará para o almoço*. Ela está cuidando de burocracias. Tudo envolve burocracia, pensa Artur Pereira. Tudo mesmo. Pensa que poderia ter ido ele próprio cuidar dos papéis, porém Joana tomou para si a tarefa.

Envelheceu muito naqueles últimos meses. Há muitas formas de envelhecer; ele começava a fazê-lo de um jeito doído, com rancores. Tinha planos, foram interrompidos, como se nada, como se o que ele programou a vida inteira para si e para a mulher não tivesse importância nenhuma. *Nunca vou te perdoar, mulher*.

11h27

Artur Pereira já tem os bifes cortados sobre a pia, a frigideira escolhida em cima do fogão, mas não quer começar a fazer o almoço. A carne, para estar macia, precisa ser comida tão logo se frita, e Joana não tinha chegado ainda. Ele decide apenas adiantar o arroz, a boca sempre no fogo alto para ficar soltinho. Joana sabe que o pai gosta de comer no horário adequado, *Hora do almoço não é meio-dia por acaso*. Ela vai chegar e poderá ver como tudo se desenrola ali. Que o bife está no ponto, o arroz está soltinho e a torneira não pinga mais. Então ele hesita.

E se a filha não percebesse que ele tinha consertado a torneira? Devia tocar no assunto, desinteressadamente? Ele para diante da pia e cruza os braços, observando a torneira. Pensa que talvez tenha se precipitado. Que devia ter deixado para fazer o conserto quando Joana estivesse em casa. Com naturalidade, claro, mas demonstrando que seguia em frente, altivo.

Fica na dúvida sobre se devia desfazer o conserto a essa altura, mas tem medo de que Joana o pegue no flagra. Depois pensa que pode ser bom: se ela chegar, ele só dirá que está consertando a torneira. Ela não terá como saber que ele a consertara antes.

Sente um cheiro de queimado. É o arroz. Corre para o fogão, a fumaça sai volumosa da panela. Artur Pereira está indefeso, como amarrado nos trilhos de uma ferrovia. Quer gritar, xingar a mulher, que simplesmente foi embora, a filha, que em plena hora do almoço não chega, a panela soltando uma fumaça que atravessa seu corpo naquele momento feito uma locomotiva. Não xinga ninguém, nem desliga a boca do fogão. Fica assistindo, vendo o arroz queimar mais, a fumaça tomar a cozinha, o fogo envolver a panela por completo.

14h

Artur Pereira observa o relógio da cozinha. Não adianta seguir esperando, a quem ele quer enganar? Joana não virá para o almoço. Deve estar muito ocupada, resolvendo coisas. É uma mulher ocupada, a Joana. E ele é generoso com ela. *Compreensivo.*

Coloca um pano de prato sobre a vasilha com os bifes. Vai guardá-los na geladeira, junto com o segundo arroz que fez no dia. *Soltinho*. Não gosta de fazer as refeições sozinho. Beliscar uma coisa ou outra tudo bem, mas nada que envolva talheres.

Vai até o armário. Não saberia dizer se há pão em casa. Encontra um saco, dois pãezinhos. Apalpa ambos. Estima que sejam de três dias. No geral, Artur Pereira não gosta de desperdício.

15h32

Artur Pereira pega um copo de vidro no escorredor de louça. Enche d'água. Vai até a beirada do sofá, onde estão três pequenos vasos com plantas. Violetas. No caminho, derrama um pouco da água, encheu muito o copo; tudo bem, o que não se sabe se aprende.

Além de inteligente, ele se considera um homem aberto. Está diante dos vasos. Olha o copo d'água na mão esquerda, olha as plantas. Não tem certeza de qual é a quantidade correta de água a colocar. Um copo para cada planta? Um copo para as três?

Coloca a mão na parede, sustentando parte do peso do corpo. Era quinta-feira, dia de rega. Pensamentos indesejados se espreguiçam em sua cabeça. Mas não havia nada de errado em um homem regar as plantas da casa. Sente-se à frente do seu tempo. Não; mas se sente confiante o suficiente para dizer isso a Joana quando ela chegar. É algo que a filha gostaria de ouvir.

As plantas eram da mulher. Agora ele precisa cuidar delas. Por quarenta anos observou o ritual da esposa aguando as plantas da sala, duas vezes na semana, segundas e quintas-feiras, sempre no meio da tarde, com a cozinha já limpa e arrumada. Pois bem, aí está a cozinha, limpa e arrumada. São três e meia da tarde, e, se isso não é o meio da tarde, sinceramente Artur Pereira não sabe o que mais podia ser. Não é possível que não se lembre:

ela ia várias vezes encher o copo de água e voltava, ou o enchia apenas uma vez e distribuía um terço da água para cada vaso?

Ele sabe que o copo é aquele, porque ela sempre o deixava separado, no canto do escorredor que dava para o fogão. Era o copo de regar. Em casa, cada um tinha o seu copo. E havia o copo das visitas.

Artur Pereira ouve um barulho. A torneira voltou a pingar. Leva o copo d'água até a boca. Bebe tudo, toda a água do copo das plantas. As pernas bambas.

18h04

Quando Joana chega em casa, Artur Pereira logo pergunta se ela já comeu. Seis horas da tarde, espera-se que a pessoa já tenha comido. *Comido algumas vezes*. Joana é uma mulher grande, precisa alimentar-se bem. Foi o que ela ouviu a vida toda, *Uma mulher desse tamanho precisa se alimentar bem*. Que comesse e dormisse bem sempre, uma preocupação de Artur Pereira.

Conversaram sobre trivialidades, o pai e a filha. Ele evitou usar a palavra *clima* para se referir à temperatura do dia, não fosse Joana entender que ele queria falar sobre como se sentia. Não era letrado, mas era inteligente. *O calor*, ele preferiu dizer. Ela completou, o aquecimento do planeta ia mesmo causar cada vez mais calor, *O planeta funcionando como uma estufa*. Joana também não conhecia todos os mecanismos do aquecimento do planeta, mas era inteligente o suficiente para relacionar o que lia aqui e ali com o que via. *Mesmo a baleia que encalhou na Praia do Meio tem a ver*, ela disse.

Artur Pereira ia aos poucos colocando a mesa. A noite descia, hora de lanchar. *Nada de comida à noite*, tradição. Cedo, tomavam um lanche, e era isso. *Para não deitar estufado*. Pão, manteiga, leite ou suco, uma fruta ou duas. Cada um pegava seu prato e se sentava no lugar adequado. Quatro cadeiras em torno da mesa levemente retangular: na cabeceira, Artur Pereira. Do seu lado esquerdo, a cadeira da esposa. Do seu lado direito, a cadeira da filha. À frente, a cadeira da visita, para quando houvesse.

Artur Pereira pega um prato na prateleira embaixo da pia. Olha pelo vitrô. Vê a esposa jovem, a filha ainda criança correndo pela lateral da casa. *Fiéis*. Depois pensa que é uma lembrança, e não sua imaginação. Que a memória é como a lateral da casa, um lugar que ele pode visitar às vezes, fazer uma viagem ao momento em que aconteceu isso ou aquilo.

Vê esse tipo de coisa na televisão o tempo todo. Seleção de melhores momentos de um jogo de futebol. Artur Pereira gosta de futebol. Gosta tanto que mesmo com seu time quase rebaixado assiste a todos os jogos que passam nos canais abertos nos finais de semana. Apoia-se na pia. Transpira. Talvez tenha erguido o corpo rápido demais, buscando uma agilidade que estava acostumado a sentir, mas que não era sua.

É um ensinamento que quer deixar para a filha, *Você pode gostar de futebol mesmo quando seu time perde*. Aí está: uma frase boa para dizer enquanto estiverem lanchando, para preencher o silêncio, agora que são apenas ele e ela. Antes, com a esposa em casa, havia permissão para que existisse o silêncio, não havia constrangimento em comerem quietos. Agora, sente que está em outra mesa, ainda que as marcas dos anos de uso denunciem que é a mesma.

Decide pegar o prato de Joana também. Criar novos costumes. Por que não? É claro que ele podia pegar o seu prato e o dela, em vez de pegar apenas o seu e esperar que ela se virasse. *Joana é uma mulher-feita*. Já sabe se virar. O que pegar o prato no armário pode lhe ensinar a esta altura? Tinha sentido antes, quando era mais nova. A esposa sabia o que fazia. Mas agora tudo mudou. *Mulher-feita*, ele confirma para si.

Artur Pereira sente que pode mudar as regras do jogo e gosta disso, gosta das regras tanto quanto aprecia se ver investido do poder de mudá-las. Mas ele sabe que tem algo que precisa ser mantido. *O espírito das regras*.

Pega o segundo prato e vai devagar em direção à mesa. Ele não tinha problema com novidades. É fato que sempre dizia, *Se não há nada para contar, é sinal de que está tudo bem*, mas isso não queria dizer que era um homem apegado à rotina, que tolice. Coloca o seu prato na frente da sua cadeira, o prato da filha diante da cadeira da filha, e vai buscar os copos de cada um. Então Joana entra na cozinha e caminha de um lado a outro – como diremos? – com muita naturalidade. Joana sempre foi assim, pensa Artur Pereira. Entra nos lugares e caminha como se não houvesse protocolos. Não está querendo dizer com isso que em sua casa haja protocolos, é claro que não. Ele é simplão, como ele mesmo diz, *Sou um cara sossegado, simplão*. A filha está certa. A casa da família é também a casa dela, não há necessidade de protocolos.

Joana para diante da mesa. Está falando sobre a baleia que encalhou viva. Mas se dizia na cidade que ela era muito grande, impossível devolver ao mar. E assim, com muita naturalidade, compenetrada no que está dizendo, os boatos sobre a baleia, Joana pega o prato que está diante do seu lugar e o coloca à sua frente, no lugar onde a mãe se sentava. Ela faz isso e então senta na cadeira da mãe. Não senta apenas, ela se acomoda. Parece totalmente acomodada. Como se a cadeira tivesse a forma do seu corpo. *Confortável*. E age como se nada tivesse acontecido. Artur Pereira acha inclusive que ela ainda está falando, porque tem a impressão de que seus lábios se movem no ar enquanto ele segura os dois copos com uma das mãos e com a outra se apoia na pia. O suor escorrendo pelo rosto de novo. *O calor*, ele diz. Então pensa que interrompeu a filha. Não tem certeza. Se ele de fato a interrompeu, isso é errado. Nunca saberá. Coloca os dois copos sobre a mesa e senta em seu lugar – é claro, onde mais iria sentar? Aquilo não era programa de auditório, dança das cadeiras.

Artur Pereira foi pego de surpresa, porque ainda agora ela falava da baleia e se achegava à mesa no horário adequado. Nada indicava que ela não fosse sentar no lugar correto. Ele se sente traído. Uma pegadinha.

Não diz nada. Olha para a filha, depois para o vitrô sobre a pia, em seguida para a manteiga na mesa e então de novo para o vitrô. Sabe que a esposa jovem e a filha criança não estarão mais lá, correndo pela lateral da casa, sob sua supervisão, mas olha mesmo assim. Em vez disso, encontra uma lagartixa caminhando sobre o vidro canelado, do lado de fora. De dentro, ele vê a barriga do bichinho. Barriga? Não sabe se pode chamar assim. *E isso importa?* Adota um ar condescendente. Ele sabe que a lagartixa estava onde não devia, mas pensa que é uma atitude tolerável, vinda de uma lagartixa. Ele pode viver com isso, pode chegar amanhã à padaria e dizer, enquanto espera ser atendido, *Ontem uma lagartixa ficou rondando a casa, andando no vitrô da cozinha* – e pronto. Sempre foi um homem simpático, não será agora que deixará de dizer coisas agradáveis a quem está com ele na fila.

É claro que, se a lagartixa saísse do lado de fora e entrasse no lar, as coisas seriam diferentes. Ninguém duvidaria disso. Sabem que ele é homem. Construiu a casa, colocou ali uma lâmpada em cada cômodo, tomadas para a geladeira, o fogão de acendimento automático, a máquina de lavar roupas, a televisão e o rádio. Da televisãozinha no quarto ninguém sabe, ele não menciona. Não quer atrair ladrões. Mas sabem que ele impõe respeito. Para mantê-lo, é preciso colocar limites. Sempre foi assim, sempre será. Mas não com Joana. Artur Pereira ama a filha acima de tudo.

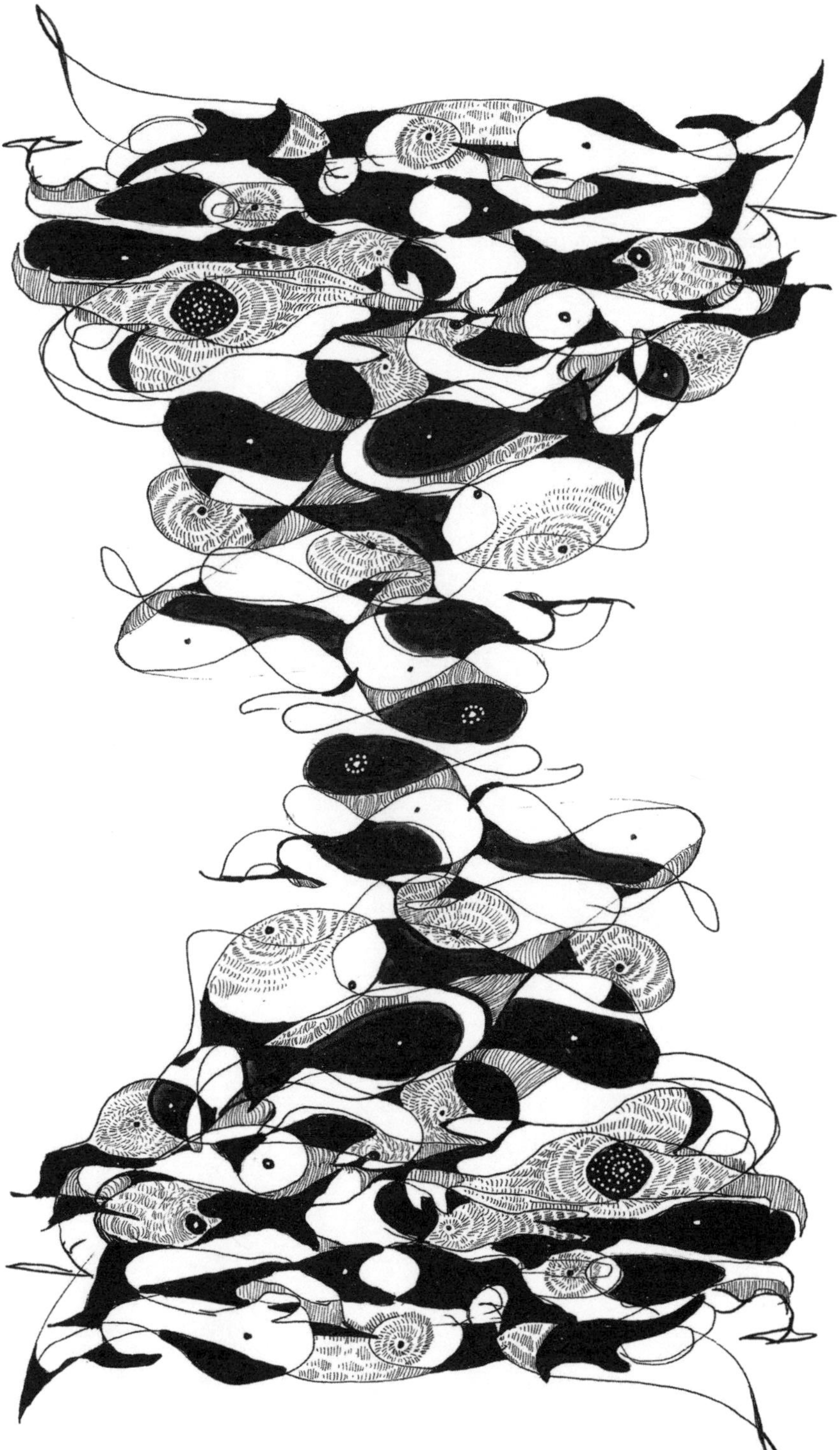

Estou no hospital. Correndo. Entro em todos os quartos. Mãe está gritando. Posso ouvir, mas não consigo encontrá-la. Lágrimas me descem pelo rosto. Empurro enfermeiras, derrubo médicas. Sou capaz de ouvir até a respiração dela, ofegante, mas procuro em um quarto atrás do outro e não consigo encontrá-la. Em lugar nenhum. Olho para cima. Ela está levitando. Embaixo dela há um fosso. Começo a gritar. Peço ajuda. Ninguém parece se importar. Ela me olha nos olhos. Sei que ela vai cair no fosso. Ela também sabe.

A CONCRETUDE DO PESO

As arestas do peso

Do acidente de ônibus, o motorista primeiro não soube explicar a ordem dos fatos, fosse eu também ainda hoje não saberia. O tempo passa, é certo, mas isso às vezes mais dificulta do que ajuda. Lá, naquele dia, as poucas crianças, assustadas, só choravam e reclamavam o colo dos pais. Contabilizaram-se as mortes, duas. *A contar trinta e nove passageiros, um bom aproveitamento*, alguém disse ao ler a notícia abaixo da manchete no dia seguinte, talvez eu mesma, talvez apenas para mim.

O motorista foi o primeiro a falar em terremoto. Disse que o chão tremeu no momento em que ele fez a última curva à direita, a madrugada no início, o ônibus no topo da subida do morro, já quase alcançando a Praia do Meio, justo onde estava encalhada a baleia. Ao tremor seguira-se um longo guincho de animal ferido. *Sim, tenho certeza do que estou dizendo*, repetia o motorista a todos que vinham ver o acidente, fazer perguntas, tirar fotos no negrume da noite.

Conta-se que o ceticismo dos interlocutores era inquebrantável. Insinuações de que o homem havia bebido não paravam, *Fez uso de algum psicoativo?* Que afinal motorista de ônibus devia ser sempre alguém de confiança, *E por que Antenor não seria de confiança? Ora, é só olhar a cara do sujeito. E o que tem a cara do sujeito?* Não diziam, não tinham coragem, falavam apenas, *Cara de bebum, isso ele tem*. E como é a cara de um bebum? – eu certamente me perguntaria, diante do espelho.

Me diga, seu Antenor, porque estão indo até sua casa

agora e saberemos de qualquer jeito, o senhor fez uso de drogas antes de pegar no volante hoje? Cara de culpado, diziam, *Cara de quem deve algo à justiça*. A cena era essa, é o que se conta: o homem ajoelhado na estrada dizendo *Eu juro, eu juro*, e foi então que o chão tremeu de novo, fazendo tombar a própria ambulância, estacionada ali mesmo, a poucos passos do ônibus que, já tombado, com o novo tremor apenas escorregou mais um pouco pela estrada.

A notícia do acidente e dos tremores de terra correu mais rápido que as gentes. Mas não acabou assim. Perceba, Antenor entende de bicho porque foi criado no meio de mata, praia e rio. O caçador e o pescador, o tio dele dizia, têm muito em comum. *Veja, e não acredite no que os olhos veem. Olhe de novo, e melhor*. Esta a grande arma do homem contra o animal: fazer parecer que é uma coisa quando na verdade é outra. Fazer confundir a isca com a comida, o perigo com a segurança, tocaia com planície livre, solta.

Mas Antenor nunca tinha visto boi confundir rodovia com pasto. De que ali diante de si, que seguia ajoelhado, embora ninguém mais o interrogasse, de que ali estava um boi Antenor não tinha dúvida. O que pensar de fato tão inusitado, era isso que ele ruminava.

Pensou em afinal chamar a atenção de todos ao fato, mas se conteve. *Bois não andam sobre rodovias como se estivessem em pastagens*. Teria de fato enlouquecido? Colocaram algo em sua água, seu café com leite, algo que o fazia ver o que não havia, presa fácil para donos de olhares mais capazes?

Fosse Antenor o único a enxergar, teriam por certo decretado acima de qualquer dúvida que estava louco ou drogado. Mas não; foi o primeiro a notar, mas não o único, que agora todos notavam o boi que tenta cavar com as patas dianteiras um buraco na rodovia, pateando como se estivesse sobre terra, como se cavasse ali mesmo, e já abaixa um pouco a cabeça, preparando-se para o ataque.

Nesse ponto Antenor segue ajoelhado mas já está sozinho no asfalto; todos correram para trás de algum lugar que parecesse um pouco mais seguro. Antenor não tem forças para se colocar em pé. Pensa que sempre é preciso haver um culpado para as dores que sentimos; se não gente, o diabo. Mas agora, o boi diante de Antenor, no meio do asfalto: quem poderia culpá-lo?

O homem pronto para o ataque do boi, se fosse o caso, soltou ainda um *Eu juro*, mas ninguém mais duvidava, de Antenor ou de nada, quando ao lado daquele boi surgiram mais dois, e depois mais quatro, mais cinco, onze.

Essa é a história que ouvi pela cidade, passada de boca a boca, sobre o início de tudo. Foi sem dúvida o que houve. Foi assim a primeira noite em que o chão tremeu em Assum Preto.

SEXTA-FEIRA

11h09

Quando Artur Pereira se levantou da cama a manhã já havia se imposto. Tirou apenas um cochilo. *Que noite foi essa?* Sente-se cansado, mas não quer admitir. Dormiu sozinho. *Sem a mulher*. Prefere direcionar a atenção para outras coisas. Olha o despertador. Já é quase hora do almoço de novo; tem pressa. Os bifes que cortou no dia anterior ainda estão na geladeira. Ao menos estou adiantado, pensa. Artur Pereira gosta de adiantar-se.

Chega à cozinha. No chão restam estragos da noite passada. *O tremor*. Quase pisa nos cacos de vidro da tampa do relógio de parede. Nota que Joana deixou sobre o sofá o que restou dele. *Quebrado*. Meia-noite e trinta e sete minutos nos ponteiros. *Como o mapa de um enigma*.

Percebe que Joana não está em casa, o que por um instante o irrita. *Quem sai de casa quase na hora do almoço?* Depois reconhece que não sabe a que horas ela saiu. Ele estava dormindo. *Foi buscar notícias, descobrir se é seguro*, conclui. Então ele para. Algo nessa conclusão o incomoda, mas ele ainda não sabe o que é. Pega café na garrafa térmica. *Morno*. Tamborila os dedos sobre a mesa. O que o incomoda? Não sabe. Tenta refazer o caminho dos pensamentos que teve desde que acordou. Almoço, meia-noite e trinta e sete minutos, onde está Joana, Joana não está, hora do almoço. Não encontra nada. Nada.

Pensa de novo. E de repente esquece o que estava pensando. Por um momento esquece Joana e o tremor, esquece até a morte da mulher. Como um ônibus cujas rodas por um instante perdem contato com o solo e flutuam no ar. Nesse instante Artur Pereira flutua na superfície do mundo. *No que eu estava pensando?* Não vem nada. Então decide ver que horas são e procura o relógio na parede. *Onde está o relógio?* Nada.

Bebe o último gole do café. Morno, pensa. Pisa nos cacos de vidro. Ouve um barulho; olha para baixo. *Cacos de vidro*. Pega a vassoura e começa a varrer. E então se lembra de tudo. Almoço, meia-noite e trinta e sete minutos, onde está Joana, Joana não está, hora do almoço, Joana foi descobrir se é seguro. *Hum*. Incômodo. *Hum, hum*. Algo na ideia de que Joana foi descobrir o que houve realmente o incomoda. *Muito*. Descobrir se é seguro. *Ela*.

Está tudo bem, pensa. Depois repete em voz alta. *Está tudo bem*. Respira fundo. *Tranquilo*, ele diz. E repete, porque também é um homem de repetições: *Tudo tranquilo*. Não acha que a terra irá tremer de novo. *Tremor, em Assum Preto?* Não se cria. Logo Joana chegará em casa, é quase hora do almoço. *Sempre estaremos seguros aqui.*

11h30

Artur Pereira está com um relógio de pulso. Digital, preto. De plástico, borracha? Não sabe dizer com certeza. Depois para de pensar sobre o relógio e se concentra no fato de que são onze e meia da manhã. Ou seja, tem trinta minutos para fazer a comida. Olha para o vitrô sobre a pia. *É claro que Joana virá para o almoço.* A filha sabe que ele não gosta de comer sozinho.

Não acha que um tremor como aquele seja motivo para atrasar o almoço. Já faz horas. *Várias horas.* E depois a terra não voltou a tremer. *Passou.* Ele tira da geladeira a panela de arroz e a carne que tinha fatiado um dia antes. Coloca a panela sobre o fogão e os bifes sobre a pia. *Cem gramas cada.*

Olha para eles. Pensa que deve congelar alguns, ele e Joana não vão comer tudo aquilo em um ou dois dias. Está olhando os bifes e sente vontade de tocá-los. Então ele os toca. Delicadamente. Há algo de comovente naqueles bifes. Artur Pereira não faz ideia do que seja, mas acha que é capaz de chorar. Pensa que são pequenos, os bifes. Frágeis. Como Joana foi um dia. Acaricia a superfície de cada um deles.

Artur Pereira levanta a vista e olha para o vitrô. Vê ali, no lugar de suas lembranças, um boi. *Sem qualquer aviso.* Ele fica incrédulo com a imagem, mas sabe o que é. *Um boi.* Sabe também que não é uma lembrança. *Nunca antes estive diante de um boi.* Pensa em chamar Joana, mas há tempo para lembrar que ela saiu.

O boi o encara. *Incisivo*. Está quase colocando a cabeça para dentro da casa pelo vão do vitrô. Parece mastigar. *O tempo todo*. Artur Pereira pensa que é como os bois, mastiga por muito tempo para poder digerir as coisas. Mas o boi não parece amistoso. Pateia a lateral da casa, como se fosse atacar. Um boi poderia de fato me matar, pensa. Pensa e não sente medo. Sente-se analisando a situação, como se estivesse fora dela. Depois pensa que uma cobra muito grande poderia também matar o boi. Ele já viu sobre isso na televisão. *Cobras grandes comem de tudo*. Artur Pereira não tem medo de cobras. Inclusive já matou algumas. *Três ou quatro*. Não gosta de se gabar. *Entraram em casa*. Há limite para tudo. O espaço dentro daquelas quatro paredes é sagrado. *Onde Joana nasceu*.

Agora não há cobras ali. Há ele e um boi. E a casa. Artur Pereira pega um bife com a mão direita. Pega e ergue o bife até a altura do próprio rosto. Mostra o bife para o boi, como se estivesse deitando cartas de tarô sobre a mesa. O bife que ele mesmo cortou, com a faca que ele mesmo afiou. Sorri. *Há uma parede entre nós*. Sorri, ainda. Está sorrindo porque se sente um homem moderno. *Contra a barbárie*. Entre paredes, sim, que mal há nisso? A vida é estreita, pensa. *É mais estreita que essa porta*. Ele olha para a porta da cozinha, que dá para o quintal dos fundos. Olha e depois volta o olhar para o boi. Sim. Ele precisa se antecipar. Nada pode um boi contra a solidez do concreto, mas a porta está aberta. Passaria um boi por ela?

É só aí que ele se pergunta de onde raios teria vindo aquele boi. *Agora essa.* Larga o bife sobre o pano de prato e leva a mão à cintura. *À noite o chão treme, de manhã me aparece um boi.* Pensa na mulher. *O que ela faria?* Então lhe ocorre que aquela situação não deixa de ser culpa dela. Artur Pereira sempre quis ter uma arma em casa, mas a mulher dizia que não. Tivesse arma, daria um tiro no boi. *Entre os cornos.*

Olha o boi com atenção. Nota que há um pouco de sangue nele. Seria do próprio boi ou de alguém que ele atacou? Artur Pereira sente-se indignado, mas não sabe por quê. *Um boi andando pela rua.* Em Assum Preto as ruas são quase todas de terra. *Entrando numa propriedade privada.* Lembra-se da mulher de novo. Ela insistia que a casa precisava de um portão. *Privacidade.* Artur Pereira nunca deu trela. *Seria um gasto desnecessário.* Ele é contra gastos desnecessários.

O boi de repente para de encarar Artur Pereira e de patear o chão. Para e se vira para a entrada da casa e devagar bate em retirada. Artur Pereira sente alívio, mas logo pensa: Joana, e se ela estiver chegando para o almoço? É claro que se estiver em suas possibilidades ela virá almoçar com ele. Então talvez esteja chegando neste momento e dê de cara com um boi. *Desprevenida.*

Artur Pereira se apavora. Procura as facas que usou para fatiar a carne. Logo encontra. Pega ambas, uma em cada mão. Ele precisa se antecipar, chegar à entrada da casa. *Salvar Joana*. Daria a vida pela filha. Então hesita. Daria a vida pela filha? Para. *Amo Joana mais que tudo*. Tenta examinar pelo vitrô a localização do boi. Fica em silêncio, a ver se ouve passos, *Joana virá para o almoço*. As duas facas na mão. *Um espadachim*. Parado.

15h47

Artur Pereira está sentado em seu lugar, as duas facas grandes sobre a mesa. De novo Joana não veio para o almoço. Olha para a frente. Enquanto a mulher esteve com a doença, ao longo de todos os três anos, Joana sempre estava lá na hora do almoço. Não só na hora do almoço, ela ficava os dias inteiros. E as noites. Tudo bem, agora há que cuidar dos papéis. *Inventário*. E há o tremor, mas isso já é passado. O boi... sobre o boi Artur Pereira não sabe o que pensar.

Decide, *A essa hora o boi deve estar longe, não tem perigo*. Sente-se bem ao formular uma teoria como se entendesse do comportamento de bois. Ele gosta de entender das coisas. De se colocar na posição de especialista, opinar sobre um assunto. Assim: *O boi, a essa hora? Está longe*. Sem pressa nem ênfase exagerada nas palavras. Com segurança. *Impõe respeito*.

Pensa que saber usar as palavras adequadas sempre ajuda. Por exemplo, se alguém perguntar sobre o tremor de terra, ele dirá que pouco sentiu o abalo sísmico. Desse jeito mesmo. *Abalo sísmico*. Artur Pereira acredita que esse é o termo correto. Ainda assim, acredita também que, quanto menos a pessoa souber o que é abalo sísmico, mais essas duas palavras soarão adequadas. Do ponto de vista dele, isso é positivo.

Olha para o relógio no pulso. Um relógio sem ponteiros. Olha e espera passar um minuto. Fica olhando a tela e esperando. Esperando. Pensa em desviar o olhar, mas depois decide seguir. *Como se estivesse num jogo*. Ele não deve esquecer de que é um homem paciente. *E jogos são divertidos*. Esperando. Pronto.

Ele decide continuar. Artur Pereira decide, literalmente, ver o tempo passar. Minuto após minuto. *Encarar o tempo*. É o que faz.

18h59

Artur Pereira está parado diante do guarda-roupa no quarto. De acordo com seus hábitos, devia estar lanchando. Mas não sente um pingo de fome. Por isso está no quarto. Puxa a primeira gaveta, no centro do móvel de madeira. *Roupas da mulher.* Sabe que cedo ou tarde terá que se livrar delas, só não sabe se é melhor que seja cedo ou tarde. *Doar para o asilo.* É assim que pensou em fazer. Seria mais fácil se estivesse alimentado. *Tranquilo.* Mas está sem apetite. *Joana não chegou ainda.*

Seria contra o espírito das regras se ele se deitasse antes do horário costumeiro? *Criar novos hábitos,* diz baixinho. Não é um velho caduco. Reciclar, reciclar-se, é o que dizem o tempo todo na televisão. Ele ouve. Ouve e entende. É inteligente, o Artur Pereira. Só que agora não quer sustentar o corpo por mais tempo. Vai deitar-se. *Sim.*

Mete-se debaixo do lençol. Cobre a cabeça com ele. Depois descobre, olha para os pés. As unhas grandes, por fazer. De repente, um grande medo o assalta. *Morrer.* E Joana não voltar. Quantos dias até alguém dar pela sua falta? *Morrer com as unhas por fazer.*

Olha para o travesseiro desocupado ao lado do seu. *Mulher, você morreu.* Está processando a informação. *Você morreu. Eu vou morrer. E Joana também. Todos nós morreremos um dia.* Nesse momento, sente necessidade de dizer coisas muito óbvias em voz alta. Como se ao pronunciá-las elas ganhassem um sentido mais inteiro.

Um homem da sua idade precisa tomar certos cuidados. Levanta-se. Vai até o armarinho do banheiro, pega o cortador de unha. *Dignidade na perda*, ele diz, desta vez um pouco mais alto. E sentado na cama começa a cortar as unhas dos pés. Com força. As unhas são duras e grossas. *É preciso ter dignidade na perda*, ele diz, bem mais alto. Grita. *Dignidade na perda. Dignidade na perda.* Artur Pereira joga o cortador de unha no chão e grita enquanto dá pulinhos de raiva em círculos. *Dig-ni-da-de. Dignidade! Dig-ni-da-de.*

0h36

Artur Pereira está em silêncio, no escuro, sentado na cadeira de sempre. Há pouco esquentou uma xícara de café para si. Joana está sentada na cadeira errada. *A cadeira da mãe.*

Eles não dizem nada. Não combinaram de ficar acordados, mas sabem que no fundo precisam passar por uma meia-noite e trinta e sete minutos tranquila para acreditar que tudo acabou. *Não vai acontecer nada.* Artur Pereira acha que é um cético. Não tem certeza. Não conhece bem a palavra. Desconfiado, ele diria. Mas lembra de uma vez aparecer na palavra cruzada: *Diz-se de quem duvida*, seis letras. Era *cético*. Guardou isso para si. *Cético. Parece uma boa palavra*, ele confirma. Sem certeza. O que parece fazer sentido, para um cético.

Artur Pereira está olhando o relógio digital como fez durante o dia. Quase sem piscar. *Encarar o tempo.* Vê os segundos avançando, do lado direito da tela. Cinquenta e seis. Cinquenta e sete. Cinquenta e oito. O minuto quase a virar. *O tempo passa.* Cinquenta e nove. Meia-noite e trinta e sete minutos.

Estou no hospital, correndo. Preciso de ar fresco. Procuro a saída. Todos os corredores me levam de volta ao quarto em que mamãe está morrendo. Direita, esquerda, não importa. Pergunto: Onde é a saída? *Mas parece que sou invisível. Que ninguém me vê, ninguém me escuta.* A saída, *eu insisto. E mais uma vez estou no quarto dela.*

A rotação do peso

E que outra forma de contar senão essa, implacável e direta? Velório cumprido, mãe enterrada, inventário iniciado, quinta-feira o chão de Assum Preto tremeu duas vezes, e o tremor fez tombar o ônibus e um carregamento de bois. *Sessenta cabeças soltas pela cidade.* O primeiro tremor só foi sentido ao redor da Praia do Meio; o segundo, na cidade inteira.

Estávamos em casa, pai Artur Pereira e eu. Quando a terra tremeu pela segunda vez, levantou poeira gestante. É nesses momentos que se vê de um tudo, o passado, vida, a morte – quando a poeira sobe e não se enxerga. Todo adivinho bom é fraco dos olhos. Isso é Assum Preto.

Poeira gestante me levou à senhora minha mãe, mulher que mexia com plantas muito além dos vasinhos que espalhava pela sala, cultivava horta grande no fundo da casa, dando para o pé do morro. Tudo que plantava ou vingava ou morria, donde se deduz que não é que fosse extremamente dotada na função de plantar, mas sim que a vida simplesmente acontecia como tinha de ser e mãe gostava disso. Talvez fosse o que eu mais admirasse em mãe: fazer, e fazer de novo, mesmo dando errado um bom par de vezes. *Vida é assim*, ela disse uma vez. *É fazer e fazer, é continuar fazendo.*

Mãe era também mulher que pedia muitas licenças. *Com licença* para servir o meu prato, *Com licença* para servir o marido e, acima de tudo, *Com licença* para servir o próprio prato, pois era a filha, afinal, que estava em fase de crescimento, e o marido que – você sabe.

Era uma mulher honesta.

Mais santa que a função, mãe muito ouvia e pouco falava. Nos furos era econômica, orelhas sem ornamentos. Discreta. Dia inteiro em casa, o pé nunca descalço. Limpeza. Chinelo em geral era bom para o dia a dia. Só para o lado de dentro, para não trazer sujeira. Mau-olhado. Poeira, tudo interdito pelo chinelo exclusivo de usar em casa. Sapato usava um por vez, comprado em par com uma bolsa em lojinha do centro da cidade. Cola a sola quando precisa, sapato só deixa de ficar bom quando dá furo. Passavam os anos e batata, dava furo. Mas o furo só ganhava ar de verdade quando mãe falava que não prestava mais, coisa que ela fazia quando começava a ferir, *Quase sangrar*. No antes, todo mundo fingia que não havia buraco nenhum.

Eu crescia e pensava muito nisto, *Cada coisa só existe quando é pronunciada até o fim*. Então em nossa casa muito eu já sabia por inteiro, mas não existia ainda, porque não se falava. *O silêncio alonga tudo, minha filha* – mãe me dizia, quando a sós. *Com o silêncio tudo se agiganta.*

Com mãe aprendi: ouvir não ouvir, como ela fazia. Fingir que não era com ela, mas a obrigação ela sabia e cumpria. A mamada, a fralda, o pano. Soube sempre que qualquer terra com lei é também terra sem cercas. Toda poeira é um tipo de neblina. Acordava manhã ainda sem dia e ia até a desistência do sol atrás do morro. Ela não desistia. Era uma mulher que executava, não era de ver orvalho deitado na folha: se é boldo, é boldo, arranca-se a folha do pé e faz-se o chá ao velho bêbado, e dá-se de mamar à filha, e se não há comida come-se o que há para comer, se for terra, terra seja, a folha de boldo esmagada no lixo.

Por que conto essas coisas? Você bem sabe. Para que elas também existam por inteiro.

Todas essas imagens revolveram dentro de mim antes que a poeira se dissipasse. Olhei no relógio apenas para confirmar o que eu já intuía pelo adiantado da hora. Lembro fosse hoje. A casa escura, justo convém nesses horários, fui até a cozinha e encontrei pai sentado, braços apoiados na mesa, a televisão ligada no canal de notícias. O enigma caído da parede, no chão, com o vidro da parte da frente todo quebrado, também quebrada a mola que fazia rodarem os ponteiros. Registrado assim para sempre o horário do tremor, sem dúvida possível, era de fato meia-noite e trinta e sete minutos quando o chão da cidade tremeu. Pronto, está aí a informação principal. O chão tremeu no horário exato em que o telefone tocou, dois dias antes, anunciando a morte de mamãe.

Nesse ponto não sabíamos mais nada além disso. As notícias levavam seu tempo para chegar. Nem imaginávamos o que tinha causado aquilo, o acidente com o ônibus das crianças, as cabeças de bois. Passamos a madrugada assistindo aos telejornais, mas, canal após canal, nada foi dito sobre o assunto.

A manhã surgia discreta quando pai se levantou da cadeira e, sem dizer palavra, foi para a cama. Fiquei ali, sem gesto. O movimento primeiro se ensaia na cabeça, depois é preciso impulso para mover o corpo. Esse impulso eu não tinha.

Fosse culpa ou pressentimento, não sei precisar ao certo, mas pensava sem pausa que aquilo não podia ser coincidência. Algo ligava mãe àquele tremor, talvez ela se revirando debaixo da terra, descontente com o caixão escolhido, com a morte decretada. Difícil dizer. Você quer uma confissão, eu sei. Mas que morte não é imposta?

O fato é que, de todos, apenas meu pai e eu guardávamos aquela verdade, a coincidência do horário. Ela nos impediu de sair pela rua, conversar com vizinhos, apurar a origem dos acontecimentos. Tínhamos um segredo, o acesso a uma informação que ninguém mais além de nós.

Eu tentava resgatar na mente os fatos de duas noites antes, a ordem dos eventos. Claro, não passei a vida inteira assim, sentada na beirada da cama. Mas naquela terça, quarenta e oito horas antes, eu estava, e tanto que ao ver minha imagem diriam *Joana sempre esteve sentada na beirada da cama*. Permaneci sozinha; *Parecia prestes a cair em lamento*. Com a mão direita alisei o lençol branco estampado com discretas flores laranjas, pequenos vulcões. Demonstrei vontade de deitar ali o meu corpo, estender. Contorcer? *Difícil afirmar com segurança*.

Eu hesitava.

Não me deitei, mas fiz menção de que iria. *Várias*

vezes. Como se estivesse sendo observada. Não uma encenação, nunca um teatro, mas uma cena típica. Há repetições, eu sabia. Na terceira menção bocejei. No meio de um bocejo, principiou já o segundo. Duas lágrimas graúdas escorreram. Menos de um minuto, e o processo se repetiu. Meio bocejo, emenda o segundo, termina. *Lágrimas graúdas*.

Sempre fui uma mulher de repetições. O movimento primeiro se ensaia na cabeça, depois precisa de impulso para mover o corpo. Que mais seria a existência senão uma longa dança em que cada um executa uma coreografia diferente? Um, dois, dois, um, eu não sei. Dança de Ares.

Um campo de batalha.

Uma vez, muito jovem, sofrendo por uma qualquer coisa, entrei num rompante naquele mesmo quarto e me agarrei ao terço branco da primeira comunhão – era o que tinha. Principiei a reza, o terço inteiro. *Pais-nossos e aves-marias, cheias de graça, o senhor é convosco, benditas sois vós entre as mulheres* – quem?

Eu não acreditava. Mas afirmo, rezava com tanta alma e certeza que durante aquele momento tive fé, e tamanha que poderiam dizer, *Ninguém no mundo tem mais fé que Joana*, e de fato ao longo daqueles breves minutos o Espírito Santo foi também a minha própria carne. Mas caminhei até a porta, encostei a mão no interruptor, e a luz se fez. O clarão era tão explícito, humano e exato, que não sobrava espaço para qualquer metafísica. Pouco pode a fé contra construções firmes, paredes maciças e lâmpadas de cem watts, eu pensava.

Gostava de sentir que tinha domínio, é certo. Sobre as coisas, os pequenos seres, as bolinhas do terço branco, os gestos. *Os movimentos coreografados*. Sempre, precisão. A vida inteira à espera daquele pequeno milagre. *O quê, como?* Não sabia ao certo. Mantinha apenas uma certeza: a da explosão.

Da beirada olhava a cama toda. O lençol com elástico, um incômodo naquela micro-ordenação do mundo. Que eu não pudesse dobrá-lo, tudo bem. Mas que, se eu me deitasse, na manhã seguinte ao menos um dos quatro cantos estaria absolutamente solto, como ocorria sempre, exibindo quase um terço do colchão, era irresponsável e perturbador.

Era isso que eu pesava em minhas reflexões, entre deitar e não deitar, quando tocou o telefone e enfim me levantei, desta vez sem qualquer hesitação, como se a vida toda tivesse ensaiado aqueles passos, a vida inteira esperando por aquele toque estridente rasgando a madrugada, anunciando a morte de mamãe.

E agora isto: o tremor. Só no dia seguinte começaram a pipocar os boatos. Dizia-se aqui e ali, baixinho, pelas ruas, que a baleia encalhada desde a quarta de cinzas seguia viva e tinha causado os tremores, primeiro como num ensaio, depois a explosão. Mas como uma baleia sobrevive dois dias fora d'água? E como faz a terra tremer?

Agigantou-se o interesse pela baleia. O que se conta é que muita gente foi até lá ver, tirar foto. O primeiro a gritar não se sabe quem foi. O grito, expandido no vazio, reverbera de modo que não se reconhece a voz de quem gritou. Se era homem ou mulher, nem isso era possível distinguir; mas o grito era de terror, de tal modo que quem estava a meio caminho da praia hesitou em seguir. Depois seguiu, é verdade, que a curiosidade é mais forte, e um grito sai por tantos motivos que ninguém grita pela mesma coisa. Sendo assim, o grito de um não exprime a verdade do outro. Continuaram caminhando até dar com a areia branca.

Os gritos que se seguiram depois, não é possível dizer quantos foram. Até o sexto ou sétimo, ainda havia quem contasse. Depois perceberam que não tinha mais precisão. Não parecia coisa de gente humana, nem de bicho, e muito distava do canto do pássaro. O ônibus intermunicipal achou por bem parar na entrada da cidade, e dali cada um decidia que rumo tomar. A companhia ferroviária intermunicipal julgou acertado que, só naquele dia, a parada final fosse na cidade vizinha, e não em Assum Preto, como sempre. Era uma forma *legítima e emergencial*, disseram, de lidar com uma situação inédita.

O fato é que, de um dia para o outro, a baleia tinha crescido um bom tanto.

A constância do peso

Na sexta-feira o chão tremeu de novo. No mesmo horário. Hoje sei explicar o que na época apenas se investigava. Essa baleia que encalhou, a cada dia, em vez de morrer, cresce. Às vezes cresce pouco, às vezes muito. Alguém ouvindo isso pode se pôr a rir. Eu repito, venha a Assum Preto se quiser averiguar o que se passa. Venha. Daí não precisarei contar o que conto, imagine você. Mais nada.

Continuo. Os cachorros da cidade não souberam como agir. De pronto latiam, alucinados, na esperança de que os seus latidos se sobrepusessem ao tremor que vinha estrangeiro e pesava um deslizamento de terra. Deram tudo de si. Mas foram tantos os deslizamentos junto com os tremores, que aos poucos sobreveio a rouquidão, os latidos tímidos substituindo os mais determinados das primeiras horas, do primeiro dia, da força que há no início das coisas mas não vinga.

A baleia cresce e sempre, a cada dia, meia-noite e trinta e sete minutos, ela bate com o rabo na areia. Então a terra treme e, não se sabe bem se pelo tremor ou pela batida do rabo da baleia na areia, poeira gesta. Depois de alguns dias, todos perceberam isso, que era sempre no mesmo horário. Mas que tudo se iniciou com a morte de mamãe é um segredo que guardei comigo. Até agora.

Passamos os dias sabendo que todas as noites naquele mesmo horário o rabo da baleia irá bater no chão, e a terra irá tremer. Acontecem acidentes, algumas casas desabam, pessoas morrem. Todo dia, um jogo do acaso. Faz dez anos que mãe morreu, certo? Então. Há dez anos estamos assim – desde que ela descansou.

Você me pergunta da reação nossa, do povo. É claro que nos revoltamos. Esperávamos que alguma medida fosse tomada e que, se o prefeito não fizesse nada, o governador, ou o presidente, faria. A princípio todo mundo se revolta. Eram vidas sendo perdidas, todos os dias. Mas, depois de um tempo, a verdade é que parece que nunca foi de outro jeito.

Cansaço é assim: um dia vem a retroescavadeira, deposita em cima do corpo cinquenta quilos de terra. Você pensa, *Eu peso mais de cinquenta quilos, eu suporto essa terra*. Depois de vinte e oito minutos, pensa, *Foram mais de cinquenta quilos, tenho certeza, mas eu peso bem mais de cinquenta quilos, eu suporto essa terra*. Depois de duas horas, o sujeito já não sabe quanto pesa, quantos quilos adicionais de terra foram depositados sobre o seu corpo, mas sabe que há uma grande chance de não mais suportar essa terra. No entanto persiste, prendendo a respiração e colocando força nos músculos. Há anos essa é a vida em Assum Preto.

DEZ ANOS DEPOIS

7h52

Artur Pereira está diante do vitrô da cozinha. Olha para a lateral da casa, onde vez ou outra consegue se lembrar com vivacidade de cenas, pequenos flashes. A mulher ainda viva, jovem até. A certa altura, pensa em levantar a mão direita, acenar para ela, dizer algo incontornável – *Eu te amo* – ou mesmo chamá-la pelo nome. Mas se contém, não fosse Joana chegar de repente e encontrá-lo ali, acenando para o vitrô.

Artur Pereira está tão branco que Joana às vezes se assusta. Ele também já foi jovem e lembra-se bem disso. Sabe que está velho, mas, do seu ponto de vista, é um homem lúcido. *Como sempre*. Vê a mulher aqui e ali, são lembranças. *Memória de elefante*. Gosta de se lembrar dela. *Uma mulher honesta*.

Pega uma banana do cacho que está sobre a mesa. *Café da manhã*. Três grandes mordidas. Pega outra. Sente-se forte, e isso é bom sinal. Bate duas vezes no peito. Ganha confiança. Acena para o vazio.

Dez anos. *Parece que foi ontem*.

9h17

Artur Pereira segura o álbum de fotos de seu casamento nas mãos. Ele acha que se orgulha da memória que tem, mas na verdade não gosta de lembrar. Ter memória boa tinha sido útil quando era mais jovem. Agora, no entanto, isso parecia dificultar as coisas.

Por exemplo, lembra-se muito bem da noite em que a mulher disse que ele estragara sua vida. Disse alto, e ele ficou com medo de que Joana, criança, acordasse e ouvisse aquele disparate. Mesmo porque ela não parou aí. *Estragou de vez*, foram as palavras dela. Sempre achou aquele *de vez* um pouco enigmático. Ele teria estragado a vida dela de uma única vez ou para sempre? Ficava repetindo aquelas palavras consigo, e o significado exato oscilava no seu entendimento.

Pensava no *estragou* também, claro. Não era moleque. Mas aquele *de vez* o irritava muito. Parecia uma sentença. *De vez*. Isso acabava com ele. Tanto que foi uma das únicas ocasiões em que bateu na mulher. Como um dever. *De vez*. Imperdoável.

14h55

Artur Pereira está ajoelhado no chão da sala, com uma fita isolante na mão. Corta um pedaço dela com os dentes. Ergue o pé esquerdo da mesa de centro e o fixa no chão. Então se desloca lateralmente para fazer o mesmo com o pé do lado direito, e depois com os outros dois.

Na noite anterior, notou que a mesa de centro não estava bem presa ao chão. Que ela parecia querer se mover mais que o necessário. *Deslocamentos são perigosos.* É importante que cada móvel fique em seu lugar. Mas ele está sempre atento. Vai inspecionar móvel por móvel, checar quais não estão fixos no piso e prendê-los muito bem com a fita adesiva. É preciso que a inspeção seja feita com cuidado. Não pode deixar nenhum móvel solto.

16h45

Artur Pereira está na despensa que construiu junto à casa para guardar alimentos. Há uma segunda geladeira, antiga, e oito prateleiras de madeira crua. Tem uma cadernetinha e uma caneta nas mãos. *Arroz*. Duraria apenas mais dois dias. Anota. *Açúcar*. Três dias. Anota também. Com os tremores, precisa estocar alimentos para mais de três dias. *É a recomendação*. Dependendo da força do abalo, o abastecimento de víveres poderia ser prejudicado. Artur Pereira nunca teve problemas em seguir ordens, ao contrário. Sua inspeção diária na despensa é motivo de orgulho. Ao comprar o arroz, está fazendo a sua parte. Sente-se um bom cidadão.

Coça o queixo. Tinha se descoberto na área de trabalho da mulher. Poderia dizer, sem exagero, que o fogão era um amigo. A esposa, quando viva, dedicava-se o dia todo à casa, mas dava para perceber que não tinha afeto pelo fogão. Ele não consegue entender o motivo. A mulher parecia querer exercer outros talentos. Mais importantes que a família. Coça o queixo de novo. E então, com a caneta na mão direita, coça o saco. Conclui: precisa fazer a sua parte, ir ao mercado, manter a ordem, acima de tudo. De amanhã não passa.

17h28

Não basta a bola estar parada na marca do pênalti, é preciso que as traves também não se movimentem, pensa. Nos últimos anos, Artur Pereira tem se dedicado a compreender o espírito das regras em tudo o que vê.

Agora ele está sobre o telhado da casa. Não se trata de um conserto. Ele viu a escada e de repente lhe ocorreu, *Subir no telhado*. Não fazia isso desde quando tinha trinta ou quarenta anos. *Quando era jovem*. Mas hoje quis subir, porque acha que pode.

A última avaria nas telhas que necessitou de reparo foi há cerca de quatro meses, num tremor forte, e quem trocou as telhas quebradas foi o vizinho. *Um jovem*. Artur Pereira acredita que não vê mal nenhum nisso. *Não há mal nenhum em precisar de ajuda*. De lá para cá, os tremores vinham sendo mais fracos. A baleia deve estar morrendo. *Finalmente*. Artur Pereira pronuncia o *Finalmente* sem muito vigor. Não sabe se deve comemorar ou não, *É tão difícil saber as coisas*. Por isso, às vezes, ele reza. *Para entender o que se passa*. Reza para sonhar com a mulher, matar a saudade, pedir explicações.

Pensa que agora está mais perto do céu. *Ao menos alguns metros*. Quer chamar a mulher, mas o nome dela lhe foge. Ele jamais reconheceria que não é capaz de lembrar o nome da esposa morta. De repente, finge para si mesmo que quer chamá-la de *mulher*, e pronto. *Mulher*, sussurra.

Tem memória boa, sabe disso. *Exata*. É que às vezes, só às vezes, de uns tempos para cá, ela foge. *Rapidinho*.

Do alto do telhado, ele pensa que, se se virar para o leste, conseguirá avistar, bem longe, uma pontinha do morro atrás do qual se esconde a Praia do Meio. Depois pensa que talvez consiga avistar até um pedacinho da própria baleia. A área está interditada há tanto tempo, ninguém sabe ao certo como a baleia está agora. *Dizem que ela está morrendo*.

Mas tudo que consegue ver são vultos embaçados, distorcidos. *Como se fosse uma grande névoa*. No entanto, ele sabe que não se trata de poeira gestante, pois nada está gestando ali naquele momento. *A catarata*. Joana, distraída, perguntava às vezes, *Você não vai operar, pai?*, ao que ele respondia, *Daqui a uns meses*. Assim se passaram os anos.

Eu não tenho medo, ele diz agora, a voz firme. *Não tenho medo de nada*. E segue, falando alto. *Meu amor...* Pensa que quer dizer o nome da mulher, mas só lhe vem um nome à mente, então ele diz, *Joana*. E só então, enfim, ele chora.

Como é de esperar, as pernas de Artur Pereira não têm mais a firmeza da juventude. Ele pode cair, de repente, no chão duro da lateral da casa. *Ou pular*. Gosta de ter controle. Nessa idade, o que mais ele pode controlar, senão um pulo? Não é só o pulo, é a hora de pular, pensa.

De repente, um pássaro. Artur Pereira se assusta e se desequilibra um pouco, mas logo se recupera. O pássaro pousa no cume do telhado. Artur Pereira se aproxima, para enxergar melhor. *Assum Preto*. Oitenta e um anos de vida, e afinal estava ali, diante de si, o pássaro. *Tão pequenino*.

Artur Pereira gosta de sentir seres frágeis com a ponta dos dedos. Não quer assustar o pássaro, mas deseja tocá-lo. Segurar Assum Preto nas mãos. A distância é um pouco maior que a extensão de seu braço; é preciso cautela. Os joelhos levemente flexionados, as coxas trêmulas pelo esforço dos músculos. Quando está prestes a pegá-lo, o pássaro voa na direção do seu rosto, como se fosse cegá-lo com o bico. Artur Pereira se desequilibra outra vez, não cai. Artur Pereira acredita que é capaz de não cair nunca.

0h36

Artur Pereira está pronto para deitar-se, mas a essa hora não é seguro. Há protocolos, na cidade toda. *Meia-noite e trinta e seis minutos*. Vai até o vão da porta. Olha o relógio. Ainda tem doze segundos. Na mesinha do telefone, pega as palavras cruzadas e a caneta azul. *Agora sim*. Encosta-se no batente. Está pronto para o tremor. *Filme brasileiro*, sete letras.

Estou na antessala do hospital, esperando o médico. Ele disse: Já falo contigo. *E entrou na sala. Minutos depois, a porta se abre. Sai por ela um boi. Com um jaleco. Fica parado diante de mim.*

Ele me olha. Longamente. Está decidindo se vai me atacar.

Depositar a pedra sobre o túmulo

Às vezes não consigo pegar no sono. Quando consigo, tenho pesadelos. Então acordo e faço listas. Primeiro mentais, depois no bloco de notas. Em voz alta é mais raro. A fala também primeiro se ensaia na cabeça, depois vem o impulso da voz: dizer. Nessas noites de *sabe lá o quê* listei tudo de que gosto, tudo de que não gosto, tudo que tem cheiro de maracujá e não é maracujá, tudo de que tenho medo e, em ordem cronológica, tudo que vai desaparecer e quando. Anotado em cima da linha cronológica, com a bic azul, pairando sobre tudo, está:

rosto de mamãe.

Sempre quis dizer que enquanto eu viver mãe viverá na minha memória, mas não posso chegar a esse ponto. Conheço a minha memória. Ótima com palavras, razoável com cheiros, péssima com imagens, fechar os olhos e não haver nenhum rastro dos traços daquele rosto é questão de tempo. Puxo uma seta. Mais dez anos? *Interrogação.*

Rabisco o dez e coloco quinze no lugar. Quinze anos? Mantenho a interrogação.

Anoto: ( ) dez anos
( ) quinze anos
( ) vinte anos

Rabisco tudo de novo. Para depois disso e de mim, restariam as fotos. Mas quem a olhá-las?

Foto 1. P&B. Pai e mãe com vinte e muitos anos. Ela de jaqueta de couro original preta. Ele de jaqueta de couro sintético marrom. Ela: camisa branca, calça jeans. Ele: camisa listrada, calça jeans. Estão de pé, em algum lugar diferente de Assum Preto, de uma forma que na época devia ser moderna, mas que hoje claramente qualquer pessoa chamaria de antiga, *Uma foto antiga*, isso basta, ninguém se preocuparia em fixar uma data. *Não importa*. O presente sim, o grande imperativo pendurado na parede, na cozinha, ou preso à geladeira. *Tique-taque*. Ela repousa a mão no peito dele. *Dançavam?*

Foto 2. P&B. Mãe sorri para a foto. Notam-se os dentes da frente, grandes, marcantes. Os olhos lembram muito a cena de um filme que vi uma vez. Apoiar o pescoço sobre a corda sem adivinhá-la forca, o sorriso entre débil e ingênuo. *Pálpebras caídas*. Mãe nunca assistiu a esse filme, posso jurar, e na foto dela não há corda, na verdade do pescoço vê-se pender uma correntinha de ouro, simples, com um pingente na forma de uma baleia, esculpida numa pedra que não sei distinguir qual é.

Noto pela primeira vez o pingente, mesmo já tendo visto aquela foto tantas vezes, dez anos que mãe se foi e tantas as noites a investigá-la. Sofro de insônia. Não raro tento recompor a ordem dos fatos, os atos, *a ordem natural das coisas*, mas não sei. *Como saber?* Quarta-feira não foi a primeira noite que passei sem dormir naquele fevereiro; não. Foi só mais uma, e talvez aí resida toda a verdade.

Mãe morreu na madrugada de uma quarta de cinzas, e daí foi erguer o lençol e dizer para mim mesma, *Sim, eu confirmo, é ela*. Por mais difícil que fosse reconhecê-la naquele resto de corpo, eu sem dúvida diria para mim mesma que era ela, *ainda que não fosse*. Já fazia muito tempo que não a reconhecia. Prova disso foi o dia anterior, em que mais cedo ingressei na enfermaria feminina de seis camas e olhei, olhei muito, então acreditei ter entrado no quarto errado quando ouvi, *Filha*. Era ela ali, bem diante de mim, logo na primeira cama, embora nem o cheiro fosse o mesmo de mãe. Outro também o formato de seu corpo. Inchava, a barriga quase de grávida pendurada naqueles ossos tão visíveis quanto arrogantes, porque sabiam que, independentemente de qualquer coisa, eles restariam e contariam ao futuro a história daquele corpo. Sim, morreu jovem, sim, jovem demais. *E por que incha ao mesmo tempo que míngua?*, perguntei uma vez, quando tudo começou, e me disseram, *É como tem que ser*.

Pensei que fazia sentido, *Tudo que morre cresce dentro da gente*, ocupa espaço, quarto, sala, cozinha e jardim. Mas mamãe crescia, a barriga enorme que precisava ser drenada de tanto em tanto para que os pulmões pudessem receber o ar, a ambulância acionada para a locomoção. *Morrer em casa, com a família, não na frieza do hospital*, é o que todos diziam. Casa, ambulância, hospital, casa. O médico havia decretado três meses de vida; tinham se passado três anos. Ela mesma já não tinha força para erguer-se, nem eu e papai juntos conseguíamos carregá-la e colocá-la no carro. Pesava mais quanto mais emagrecia, a barriga enorme, eu mesma quase caberia ali de novo, de volta ao início, demolindo a barreira do tempo.

Na segunda-feira pela manhã ligamos; passaram-se os minutos, as horas, a ambulância não veio. Mamãe sufocava. Assum Preto tinha ambulância única, com a cidade toda à frente, em pleno Carnaval. Mãe não tinha nada à frente. Nada. Só o meu braço. Pegou nele, com força surpreendente, pensei fosse quebrar. *Aquilo de enfiar no nariz, precisa enfiar no meu nariz*. Sufocava. Ligamos para os bombeiros, nada. Tentamos levá-la até o carro de pai, era impossível. Salvá-la era impossível. Ficamos ali, socorristas improvisados que não podiam fazer nada a não ser envolvê-la num abraço. Foi durante esse abraço inútil que pensei, *Matá-la*.

MAIS UM DIA

0h38

Artur Pereira está debaixo do batente da porta. Está sozinho; Joana ainda não voltou para casa. O pai não gosta quando a filha chega em casa depois do tremor. *Não é seguro*. Mas não interfere na vida dela. *Ela sabe o que faz*.

Artur Pereira segue todas as recomendações de segurança para lidar com os tremores. O que é bom. Desta vez, o telhado da casa cedeu. Olha em volta. As paredes seguem em pé. *Firmes*. Foi Artur Pereira quem fez a fundação e a base. *Com as próprias mãos*. O telhado ele mandou fazer. Agora estava quase todo no chão.

Pensa que devia estar mais abalado. Mas não consegue. Sente orgulho pelas paredes. Há dez anos elas permanecem no lugar, tremor após tremor, e foi ele quem as ergueu, tanto tempo antes. É assim que ele se vê. *Um construtor*. Acredita que, se tivesse ele mesmo feito o telhado, as telhas ainda estariam lá no alto, protegendo-o. E protegendo Joana, quando ela chegar. *Firmes*.

Uma chuva fina começa a cair dentro da casa. Artur Pereira olha para sua cama. *Cheia de telhas*. Começa a tirar uma a uma. *Paciente*. Depois de remover os pedaços grandes do telhado, tira o lençol e coloca um novo, que logo começa a ficar molhado. As gotas tão finas quanto absolutamente reais.

Então Artur Pereira se deita. Olha para cima: nos cantos do quarto ainda há algum telhado, mas a cama não tem nada sobre si. Deitado, ele percebe que, apesar da chuva que persiste, lenta, a noite está clara. E, entre as nuvens, consegue ver estrelas no céu. Não muitas. Mas algumas.

Fica na cama, contando as estrelas. Interessa-se por elas. Conta todas. Não esquece nenhuma.

Posfácio

Nos anos 1970, foi encontrado o cadáver de uma enorme baleia da espécie cachalote em uma praia de Oregon, nos Estados Unidos. Diante da impossibilidade de transportá-la, as autoridades locais decidiram enfiar-lhe bananas de dinamite nas vísceras e explodi-la, contando com o trabalho posterior das gaivotas que já se mostravam ávidas para devorar os restos mortais.

O cheiro da baleia cachalote, disseram, era putrefato e causava náusea aos repórteres que chegavam para realizar a cobertura da operação. Toda a atividade precisava ser registrada pelos meios disponíveis à época porque parecia ser uma boa ideia a explosão, parecia ser uma manifestação de inteligência e de perícia dos homens do governo, dos engenheiros e demais planejadores da façanha.

A fome por cenários em que o ideal de progresso possa ser alinhado à razão humana é uma das maiores características culturais dos povos do Ocidente. A articulação intelectual a propósito do terror é marca decisiva da dominação ao longo da história do mundo tal qual a conhecemos, nos limites de como a conhecemos – pela voz do vencedor, pela gramática dos homens. Uma baleia encalhada, nesse sentido, não passa de uma poeira sobre a lente dos óculos de um filósofo moderno, ainda mais nessas condições: morta e apodrecida, sem utilidade nenhuma para a cadeia de sobrevivência do grã-macho na ponta da pirâmide.

As bananas de dinamite são inseridas no interior do cetáceo. O que se sucede fica entre o terrível e o irônico. A contagem regressiva prepara as testemunhas. O câmera da emissora de televisão afasta-se alguns passos, profeticamente receoso de que a explosão cause algum dano ao equipamento. Paira no ar uma atmosfera densa de curiosidade mórbida; as gaivotas também analisam atentas a situação, parecem estudar os efeitos físicos da excitação que antecipa o golpe.

O interminável estrondo ressoa nas ondas invisíveis do ar, intensifica-se nas cavidades dos ouvidos, retumbando dentro da cabeça qual fumaça sonora. A percepção tem fronteiras cindidas: vê-se com os olhos e com o estômago, ouve-se com o nariz, sente-se pelo tato um som de gritos silenciosos, angustiantes. Depois do estouro, a baleia cachalote não desaparece, mas passa a fazer parte de cada um ali na praia. Está, desde então, amalgamada à areia, às conchas, às pedras, às árvores, às barracas de coco, ao mar. Tem pedaços de baleia cruzando os céus de Oregon até hoje. Algumas de suas costelas colidiram em para-brisas de caminhonetes estacionadas perto da orla, pedaços atômicos do coração da baleia foram inalados pelos passantes, pelas gaivotas, pelas bombas subterrâneas de óleo diesel. A baleia infiltrou-se tão completa e absolutamente em todas as coisas, que até hoje é possível verificar sua forma residual, passado meio século, no presente. O estrondo ainda é interminável.

Acompanhei de perto a construção deste primeiro romance de Lilian Sais, *O funeral da baleia*; a cada leitura que fiz, ficou mais evidente o DNA da cachalote arquetípica, de um zilhão de pedaços, intrinsecamente ligado à projeção estética do texto: são fragmentos de uma incessante baleia, partículas viscerais coladas a sistemas cotidianos, boletos de pagamento, senhas de banco, listas de compras, pautas musicais onde são escritas as semínimas do luto partilhado entre pai e filha.

Ele, Artur Pereira, habitante da cidade de Assum Preto há muitos anos, acostuma-se agora a morar sem a esposa, carregando nos próprios ombros um peso de si antes despejado na mulher. Na condição de personagem, Artur Pereira retrata as masculinidades que se erigem sobre fundações ocas, pilares frágeis, revestidas de uma falsa ideia de força, energia, virilidade.

Joana, sua filha, parece estar contida em silêncios e

pausas reflexivas, às vezes desesperadas, que traduzem a sensação física do absurdo que é, de repente, dar-se conta de que a mãe já não existe.

Ver a mãe cair, perder a mãe, enterrar a mãe, rezar a mãe são tarefas abjetas, não cabem na linguagem, a menos que se romantize o signo materno, ressecando-o de suas complexidades, fazendo dele um bem consumível. Lilian recusa esse estratagema de mercado, filiando-se a grupos de autores e autoras que perscrutaram o entrelaçamento literário entre mãe e morte pelo viés do contraditório.

Elfriede Jelinek, Toni Morrison, Jamaica Kincaid, Ocean Vuong, Conceição Evaristo são algumas das inúmeras autorias que se aproximaram da pele do terror materno, estratificada em camadas de insistente humanidade, enlace caótico entre amor, violência, sexualidade e símbolo.

Em *Crime e castigo*, Dostoiévski é rigoroso com as linhas morais que definem a relação entre Pulkhéria e Raskólnikov, mãe e filho envolvidos pela tensão de um crime bárbaro. Pulkhéria sofre com o sofrimento de Raskólnikov. Ao saber de sua condenação, desmaia. Com o passar do tempo, adoece ainda mais, embota-se em si mesma, torna-se alheia, entristecida. *Crime e castigo* é um drama de tessitura realista, Pulkhéria está fisicamente viva e pode sentir na carne a dor do filho, pode ligar-se a ele, ainda que uma distância siberiana os separe.

No livro de Lilian Sais, na chave estética de uma

temporalidade cindida e simultânea, a mãe é uma citação, uma existência encarada postumamente e que, no entanto, parece também conectar-se à filha, sentir sua dor, condoer-se, querer-se morta, querer-se viva, forjando uma unidade indivisível entre as duas mulheres. Deflagram-se, nesses diálogos entre fantasmas vivos e mortos, outras possibilidades de manuseio da linguagem, impossível linguagem, que desativa a morte como princípio básico do fim. A mãe em *O funeral da baleia* é o instante suspenso da explosão, no qual ela se torna capaz de multiplicar-se pela totalidade atmosférica. A mãe está para sempre e ao mesmo tempo já não está: dialeticamente ínfima e eterna, diante do mar, presente em todas as coisas do mundo.

Paloma Franca Amorim,
novembro de 2021.

Agradecimentos

Ao ProAC, à Secretaria de Cultura e ao Governo do Estado de São Paulo, pelo financiamento concedido.

Aos mediadores e colegas das oficinas das quais participei apresentando versões preliminares de textos que, de uma forma ou de outra, resultaram neste livro.

Aos primeiros e últimos leitores e interlocutores que este livro teve: Ricardo Terto, Paloma Franca Amorim, Laura Cohen Rabelo, Leandro Rafael Perez, Marcus Groza e Marcelo Labes.

A Roberto Sais Filho, Fernanda Amadei Sais e Eliza Sais.

A Mirian Amadei Sais.

Lilian Sais é escritora, preparadora de texto e produtora de podcasts. Doutora em Letras Clássicas, publicou, de poesia, a plaquete *Passo imóvel* (Ed. Cozinha Experimental) e os livros *Acúmulo* (Ed. Patuá) e *Uma baleia nunca dorme profundamente* (Ed. Hecatombe). Tem poemas, contos e textos críticos publicados em diversas revistas digitais e impressas. Alguns dos seus poemas foram traduzidos para o espanhol, o inglês e o grego moderno. Em 2021, venceu o Prêmio CEPE Nacional de Literatura, na categoria poesia, com o livro inédito *Motivos para cavar a terra*. Em 2020, foi contemplada pelo ProAC para a publicação deste, que é o seu primeiro romance.

Ela descansou.

Esta obra foi composta em Charter
em novembro de 2021 para a Editora Patuá.